땅콩일기

❷

땅콩일기

글 · 그 림
쩡찌

아침달

창백을 잃게 하는 것이
여름의 사랑이라면 몹시 기꺼이.

여름을 지날게.

2부 🐌

3부 🍡

1부

메일은 업무에 관련된
내용이었고요.

메일의 말미에는 마무리 인사가
짧게 있었어요.

확인을 부탁드립니다.

환한 봄날 되시길 빌며!

…환한 봄날 되시길 빌며!

이 인사를 읽는 순간이요,

그 순간이요,

분명 막 어두워지던 때였는데요,

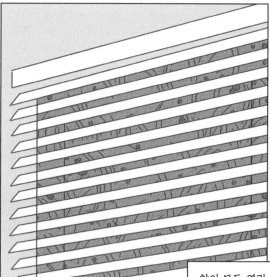

창이 모두 열린 것처럼
꺼풀을 벗겨낸 것처럼
마음이 환하고
빛이 나는 거예요.

저는 제가 겹겹이
어두운 줄도 몰랐는데요.

그때의 마음이 너무 밝고 환해서,

요즘에는 저도 환한 날이 되라는
인사를 자주 하곤 해요.

그러니까 나의 친구에게도
밝고 환한 오늘이 되라고
얘기하고 싶었어요.

그래서 일기 썼어요.

이월까지는 괜찮다.

아직은 겨울이기 때문이다.

(겨울이 좋다.)

(봄은 좀 별로다.)

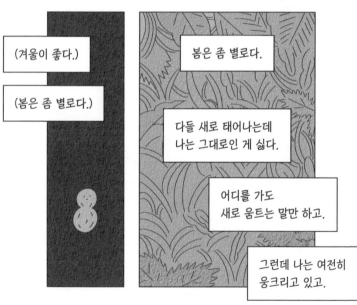

봄은 좀 별로다.

다들 새로 태어나는데
나는 그대로인 게 싫다.

어디를 가도
새로 움트는 말만 하고.

그런데 나는 여전히
웅크리고 있고.

해를 따라 길게 슬퍼지는
내 마음과는 상관없이.

내일부터 다시 춥대.

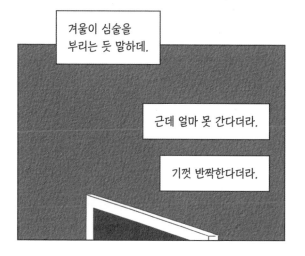

겨울이 심술을
부리는 듯 말하데.

근데 얼마 못 간다더라.

기껏 반짝한다더라.

다들 봄의 개선을 축하하더라.

몹시 심한 것을 견디다
마침내 밀어내고 승리한 것처럼.

나처럼 겨울을 좋아하는 사람도 있는데 말이죠.

기다렸다가 마침내 만난 것이
겨울인 사람도 있는데 말이죠.

이별하는 사람들 앞에서는 침묵합시다.

농담이다.

봄이 좋으면 봄이 좋다고 많이 말했으면 좋겠다.

좋은 것을 많이 말하는 게 좋다.

해를 따라 길게 슬퍼지는 마음이 있더라도.

천천히 누그러지는 어둠을 봐.

교복을 입던 때였다.

한창 몸이 크는 시기였기 때문에
다들 교복을 넉넉한 치수로 샀다.

몸을 키우며 옷에 몸을 맞춰보던 때였다.

그렇게 1~2년이 지나니까
교복이 잘 맞는 애들도 있었고,
여전히 큰 애들도 있었고
밑단이 짤막해진 애도 있었다.

그 애처럼.

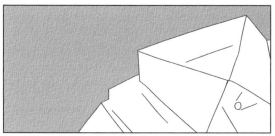

그 애를 처음 봤을 때는 기억이 안 난다.
근데 자꾸 보니 흰 셔츠를 닮았다는 생각이 들었다.
그래서 친구들과 있을 때
"걔 셔츠를 닮지 않았어?" 물어봤더니
친구들이 그런 것도 같다고 했다.

사람이 어떻게 옷을 닮을 수 있니.
근데 걔는 그랬다. 그래서 나는 친구들 앞에서는
그 애를 '셔츠'라고 불렀다.
"얘, 셔츠 오늘 얼굴 되게 하얗다. 그치."
그리고 금세 다른 얘기를 했다.
하굣길에 새우깡 한 봉지를 친구들과
나눠 먹는 일이 더 중요하던 때였다.

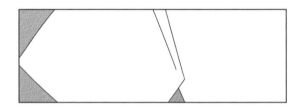

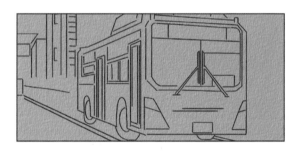

그 애가 무엇을 했는지, 어디에 살았는지
스쿨버스를 탔는지 안 탔는지
그런 건 기억이 하나도 안 난다.

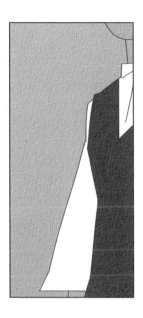

그런데 그 애가
웃기 전, 아주 잠깐
생각에 잠기곤 했는데
그때 눈꺼풀과
속눈썹이 만들어내는
그늘이,

그 그늘 아래
눈동자가 너무너무
깊어서 보고 있으면
기분이 이상해졌던 거,

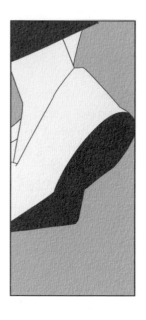

짧아진 교복 바지
아래로 그 애가
신은 양말의 주름이
잘 보였던 거,
공을 차고 나면
허리를 많이
두드리던 거,
두드리며 고개를
숙이던 거,

늘 창가에
말려둔 것처럼
뽀송하던
얼굴의 흰빛,
너무너무
까맣던 머리칼.

그런 것들은
생각이 난다.

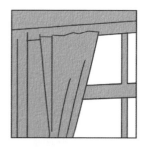

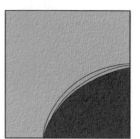

그 애랑은 별로 접점이 없었는데,
어느 날 교실 청소 구역이 같아지면서
조금 말을 나누게 되었다.

그 애는 함께 장난을 치던
작고 통통한 친구가 있었고,
나는 바닥을 쓸기 위해 책상을 밀면서
그 애들을 타박하는 것이
그즈음의 일상이었다.

청소는 수업이 모두 끝난 후 했는데,
수업이 끝나면
지나치다 싶을 정도로 즐거웠다.

나는 그냥 지루한 수업이 끝나서
그렇다고 생각했다.

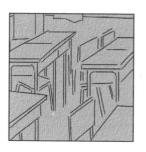

빗자루와 실내화가 아무렇게나 날아다니는
엉망진창의 교실이
매일 새롭게 펼쳐지는 만화의
한 페이지처럼 재미있었다.

재밌다가,

그게 너무
재밌다가,

너무너무
재미가
있어서

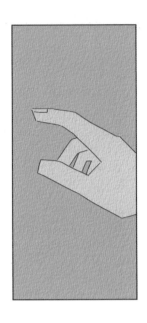

나도 모르게
친구와 함께 있던
그 애의 등을
쿡 찔러
말을 걸었다.

"얘, 너…"

"…너네 사귀지!?"

그 애와 그 애의 친구는
무슨 소리를 하느냐는 눈으로 나를 보았다.

"너네 너무 친해! 둘이 좋아하지!"

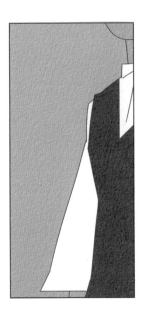

그 애는
잠깐 생각에
잠기는 듯하더니
이내 웃음을
터뜨렸다.

그때 나는 그 눈동자를 봤다.

깊은 눈동자.

눈꺼풀과 속눈썹이
만들어내는
그늘 속에서
아주아주 깊어지던
눈동자를.

나는 굳은 심지로 둘 사이를 밀어붙였다.

나는 그 애들을 놀려야 하니까.
놀리려고.

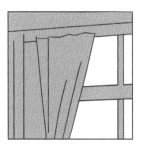

정말 그러려고.
자꾸만 그 애의
얼굴을 살피고
그 애가 어디에
있는지를 찾고
그 애의 주변을
서성이고

그 애의 물건을
기억해두거나

아주 오래오래 그 애를 바라보았다.

그리고 친구들에게
미주알고주알
보고도 했다.

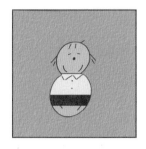

애,

오늘 셔츠랑
통통이랑 둘이
만화책 나눠 보더라.

셔츠 오늘
머리 잘랐더라.

셔츠 오늘
통통이랑
수학 시간에
같이 졸던데.

셔츠가 우리 반에서
제일 좋은
빗자루 선점했어.

셔츠가
셔츠가
셔츠가…

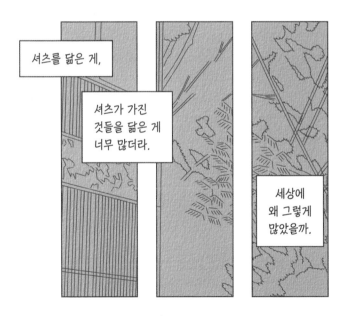

근데 그걸 나만
아는 것 같았다.

나만
발견하는 것
같았다.

왜 다들
눈치채지
못하지?

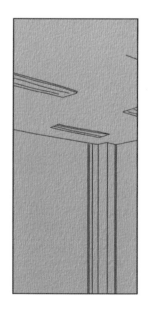

이유를
알 수 없는 채로
시간은 계속 흐르고
그 애랑은
청소구역이
떨어졌고,

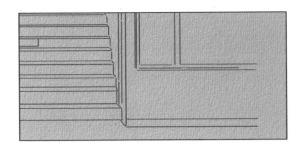

그다음에는 반이 떨어져버리고
그 애는 복도 끝에서나
겨우 마주칠 수 있게 되었다.

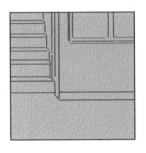

복도 끝에서 그 애는 또 웃었다.
눈을 내리 깔면 조용히
흰 셔츠 속에서 울리는
그 애의 기다란 목이 보였다.

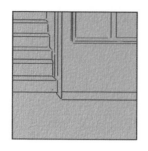

"왜 웃니?"

그런 건 물을 생각도 못 했고
묻지도 않았고
나는 바르게
반대편 복도의 끝으로 걸었네.

빠르게 걸었네.

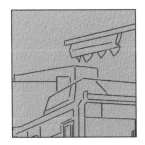

시간도 나도.
여기와 저기도.

그런데 그 애를
닮은 것들은
여전히 너무나 많고
그게 참 이상하다고
여기면서

나는 졸업을 하고
먼 곳으로
학교를 가버렸네.

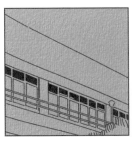

뭔가가
지나가버린 것 같은데.

안타까울 정도로 조용히

나를 지나간 것 같은데.
그게 뭔지는 알 수 없었다.

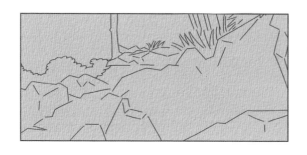

아주 오랜 시간이 지나고
그 애가 꿈에 나왔다.
꿈에 나와서 우리는 같이
바위산을 올랐다.

'셔츠' 말고
그 애의 이름을 다정히 불렀는데
그 이름이 깨고 나서도 선명했다.

고향 친구들에게
물었다.

"너네 '셔츠' 기억나니?"
"아 맞다. 셔츠라고 부르던 애가 있었지. 킥킥."
"응."
"근데 셔츠 걔가 땅콩이 좋아했잖아."

이 이야기는 너무 오랜 시간이 지났고
그 애를 찾을 길도 없고 얼굴조차
희미해지는 때가 왔지만 아직까지도
셔츠를 닮은 것들이 보인다는 이야기.

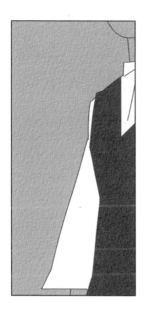

흰 것을 보면
깊은 그늘과
그 속의 눈동자를,
새카만 머리칼과
떨리듯 우 는
긴 목을 마주하게
되면 그 애의
이름을 떠올리게
된다는 이야기.

응. 나도 그 애를 좋아했던 것 같아.

그걸 이제 알고야 말았네, K.

셔츠야.

그래서 내가 민감하게 되었나 보다.

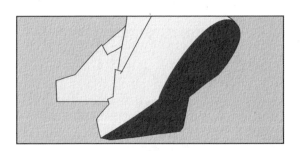

작은 마음의 기척도
알아차리게 되었나 보다.

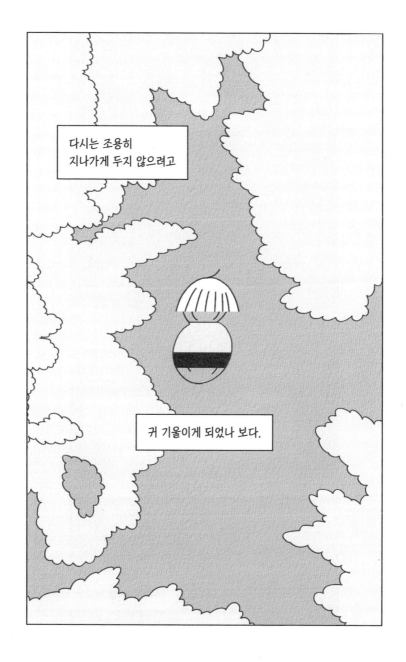

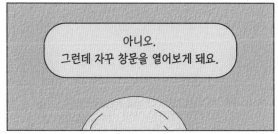

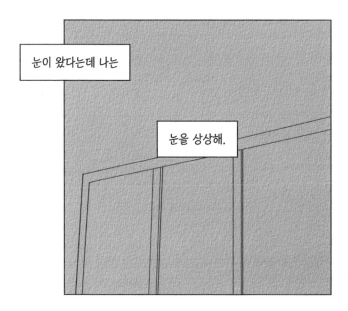

눈이 내리면

지나는 사람들은 모두
첫사랑의 얼굴이 된다.

옛날 사진 속 사람들같이 된다.
옛날을 생각하는 사람이 된다.

첫눈이 오면 같이 듣자, 노래를

같이 보자, 첫눈의 기억을

사람을 생각하는
사람이 된다.
그런 게

좋다.

빠듯한 마음이 되었다.

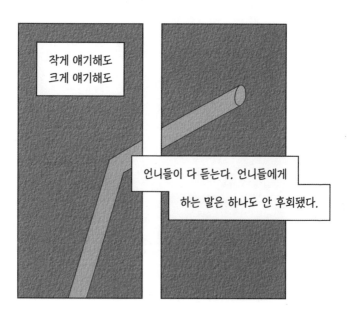

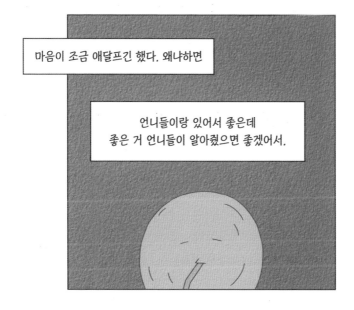

마음이 조금 애달프긴 했다. 왜냐하면

언니들이랑 있어서 좋은데
좋은 거 언니들이 알아줬으면 좋겠어서.

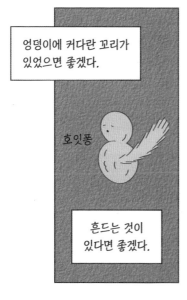

엉덩이에 커다란 꼬리가
있었으면 좋겠다.

호잇퐁

흔드는 것이
있다면 좋겠다.

언니 좋아해!

언니 좋아해!

좋아해!

좋아해!

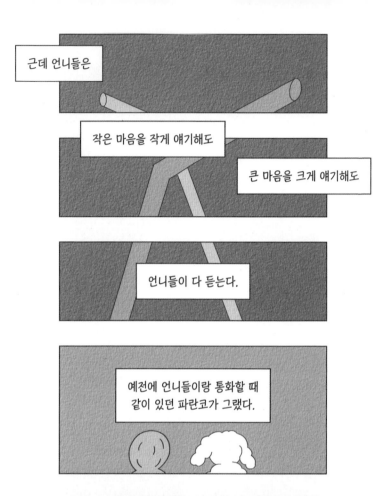

근데 언니들은

작은 마음을 작게 얘기해도

큰 마음을 크게 얘기해도

언니들이 다 듣는다.

예전에 언니들이랑 통화할 때
같이 있던 파란코가 그랬다.

너도 어리광을 부리는구나~!

날씨가 좋다고 나가 보래.

달을 보듯

밖으로 나와 보래.

그런데 나는 안에 있었다.

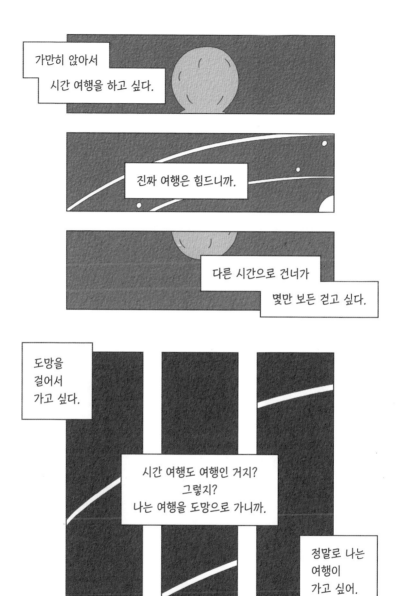

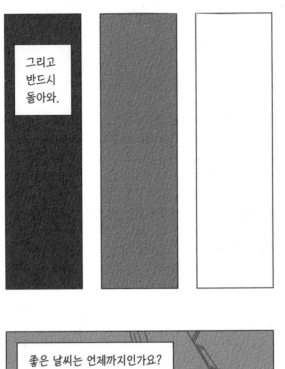

그리고
반드시
돌아와.

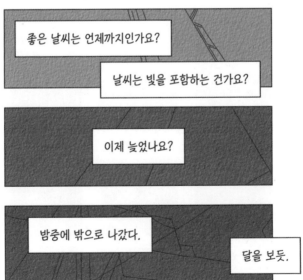

좋은 날씨는 언제까지인가요?

날씨는 빛을 포함하는 건가요?

이제 늦었나요?

밤중에 밖으로 나갔다.

달을 보듯.

여러 마리의 개와 패딩을 입은 사람이 하나

그리고 가벼운 외투가 여러 장 있었다.

아직 반팔을 입은 사람은 없구나.

사람의 팔꿈치를 보면
슬퍼질 때가 있어.

이상하지.

이렇게 날씨가 좋다가는
팔꿈치를 보게 되는 때가 오겠어.

슬픔 사이를
걸어 다니는 때가 오겠어.

슬픔은 조금 있다.

내 생일 즈음에
엄마는 잘 아팠다.

뼈가 열리고
몸에 바람이 든 것
같다고 했다.

땅콩이 생일이 오네.

엄마는 몸을 누이고 내 생일을 셈했다.

그것이 아픈 마음이 되었지만
슬프게 된 것은 학교에서였다.

태어난 날에 미역국을
먹어야 하는 사람은 사실
여러분의 어머니입니다.

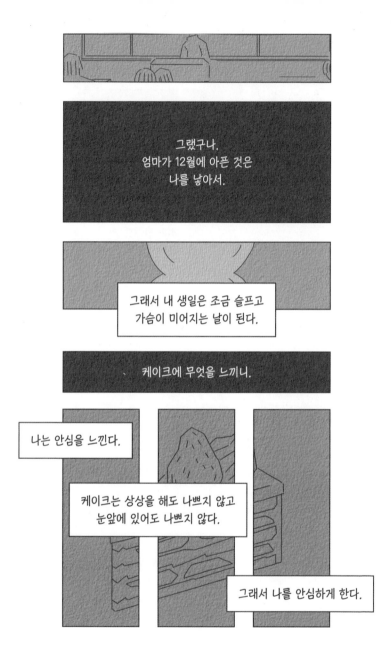

그랬구나.
엄마가 12월에 아픈 것은
나를 낳아서.

그래서 내 생일은 조금 슬프고
가슴이 미어지는 날이 된다.

케이크에 무엇을 느끼니.

나는 안심을 느낀다.

케이크는 상상을 해도 나쁘지 않고
눈앞에 있어도 나쁘지 않다.

그래서 나를 안심하게 한다.

생일의 기쁨은 상상을 하면
좋지만 실제로 꼭 그만큼
좋지는 않을 때 있다.

그래서 나를

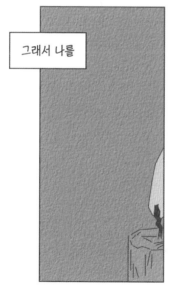

안심하게는 하지 못한다.

내가 사랑에 안심하는 것은
사랑은 언제나 있기 때문에.

돌아오지
않는 것도
사랑이기
때문에.

그렇다면
돌아오는
생일도
사랑하자.

사랑,
해보자.

사랑으로 생일을 맞아본다.

타오르는 촛불에서
빛을 느낀다.

나는 괄호를 너무 많이 쓴다.

숨고 싶으면서도 숨고 싶지 않기 때문인 것 같다.

마음은 때로 너무
단순하면서도 복잡해서 나를
놀라게 만든다(사실은 안 놀랐다).

괄호는 내가 도망갈
구멍 같으면서도

또 어떻게 보면
꼭 붙잡아줄
손잡이 같다.

괄호를 열고 들어오세요….

반드시 발각되는 숨바꼭질 놀이를 계속하고 싶다.

그러나 그렇게 빨리 찾지는 마.

다만 마음에, 눈에 담아는 줘, 나를.

(내가 원하는 때에)

(내가 원하는 때는 나도 모를 때가 있지만)

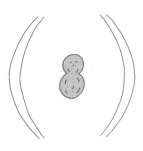

이렇게 늘 좋은 것만 하려고 해서 죄송합니다.
(사실은 하나도 안 죄송합니다.)

(쉽고 좋은 일만 하려고 하는 일이 쉽지만은 않아요.)

아이나 고양이가,

얼굴을 이불이나 커튼 뒤에 가리고,

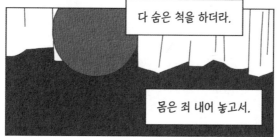

다 숨은 척을 하더라.

몸은 죄 내어 놓고서.

사람들이 그 얘기를 하면서
막 웃는데 나는 못 웃는다.

(내 얘기니까.)

그건 마음은 여러 개인데
몸은 한 개여서
이러지도 저러지도
못했던 것 아니었을까요?

숨고 싶으면서
함께 있고 싶었던 적 없나요?

온 가족이 차를 타고
집으로 돌아오던 어린 때에,

도착할 즈음이 되면 나는 뒷좌석에서
꼭 잠든 척을 했다고 한다.

(나도 기억이 난다. 내가 자는 척했던 거.
그러다가 진짜 잠들기도 했지만.)

엄마 아빠는 나를 몇 번 흔들어
깨우다가(당연히 나는 절대 안 일어났다)

하는 수 없이 안거나
업어 들고 집으로 향했다.

커튼 뒤로 숨던 거 생각나?

얕은 잠의
뒤로 숨었지, 나는.

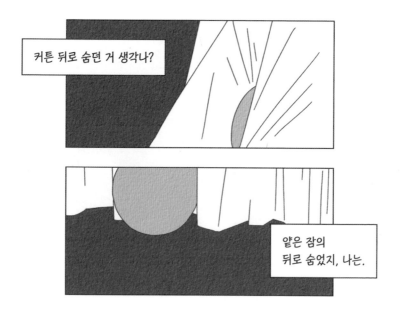

등 뒤나 품속에서

흔들흔들 흔들리면서

삐져나오는 웃음을 참으며
눈을 꾹 감았다.

그리고 문 앞에 도착하면 감은
눈을 비비며 잠에서 깬 척을 했다.

그런 나를 내려다보던
엄마 아빠의 시선,

나를 마음에,

눈에 담아 붙잡는 시선.

완전히 열리던 문.

잠이 오지 않는 밤이면 나는
눈을 감고 잠든 척을 해.

그러면 어쩔 수 없다는 듯
웃으면서 나를 안아줘.

나를 너의 등으로 옮겨줘.

그리고 흔들흔들
흔들리다가
눈을 부비게 해줘.

오늘 새벽 모기가 깨워 일찍 일어났다.
침대에 앉아 졸다가
마음 상담 받으러 병원 갔다.

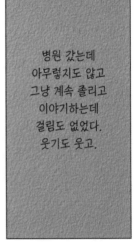

병원 갔는데
아무렇지도 않고
그냥 계속 졸리고
이야기하는데
걸림도 없었다.
웃기도 웃고.

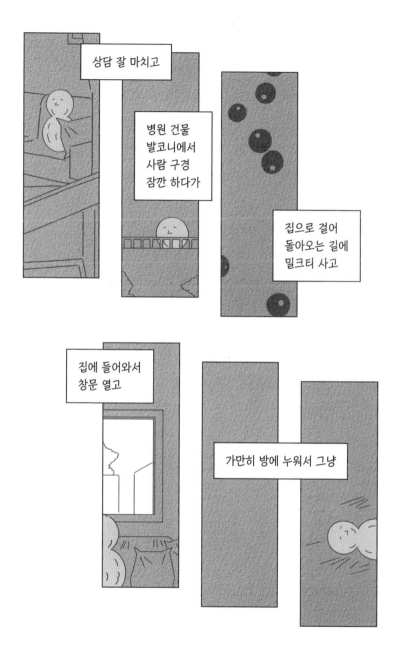

편안해지고 싶었다.

슬픈 건 아니고

조금 괴로운 것 같기는 하고

편안해지고 싶어.

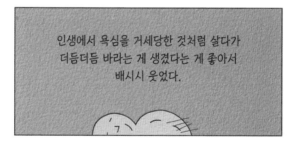

인생에서 욕심을 거세당한 것처럼 살다가
더듬더듬 바라는 게 생겼다는 게 좋아서
배시시 웃었다.

근데 너무 어려운 욕심을 가져버렸다 싶고
그렇지만 역시 편안해지고 싶어.

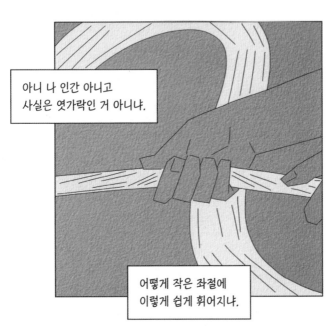

아니 나 인간 아니고
사실은 엿가락인 거 아니냐.

어떻게 작은 좌절에
이렇게 쉽게 휘어지냐.

오늘도 모기가 이르게 깨워주었고
오전에 밀려오는 여러 일들에
정신을 못 차렸다.

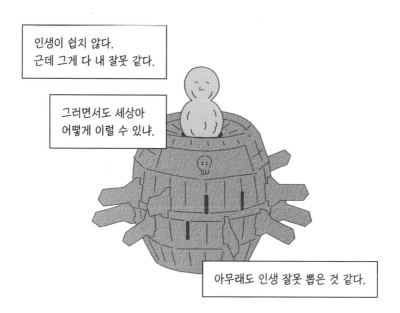

인생이 쉽지 않다.
근데 그게 다 내 잘못 같다.

그러면서도 세상아
어떻게 이럴 수 있냐.

아무래도 인생 잘못 뽑은 것 같다.

누르면 누른 대로 움푹 들어간다.
이게 인간이냐 슬라임이지.

그래서 누웠다. 누가 누르는 거 같아서.
그냥 스르륵 누워서 어제를 생각했어.

어제 잠결이라서 잘 기억은 안 나는데
친구가 일기 보고 전화했어.

너 마음 아픈 일기는 안 그려야지
싶으면서도 그냥 이게 나라는 생각도 해.

그래도 너를 너무 사랑하니까 내 마음이 아파서
네 마음 아프게 한 게 나도 너무 아프고
그냥 잘 살아야겠다고 생각해.

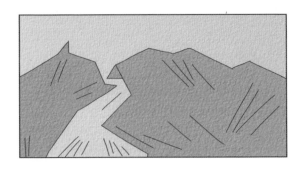

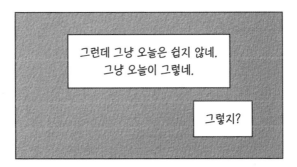

그런데 그냥 오늘은 쉽지 않네.
그냥 오늘이 그렇네.

그렇지?

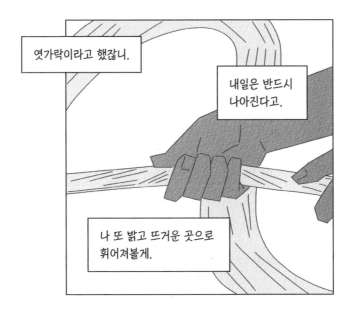

엿가락이라고 했잖니.

내일은 반드시
나아진다고.

나 또 밝고 뜨거운 곳으로
휘어져볼게.

오랜만에 아몬드랑 브너(브라질너트) 만났다.

만나서 거의 아무것도 안 함.
(열심히 하는 건 먹는 일뿐.)

다시 살아갈 힘을

간다.

음음.

좋았어. 다시 살아갈 힘 얻었다….

음음.

흠흠.

친구네 집에는
룸메이트가 있었는데,

놀러갈 때마다 룸메이트는
현관 앞에 나와 인사를 했다.

여러 번을 가도
꼭 그랬다.

언제는 밥을 먹다가
허둥지둥 나왔는지

숟가락을 쥐어 들고
있기도 했다.

그러던 어느 날

친구네 집에 갔는데
룸메이트가
보이지 않았다.

집 안으로 들어섰더니
룸메이트는 현관 방향으로
등을 지고 앉아 있었는데

그 상태 그대로 쳐다도
보지를 않고 어 왔어~
인사를 하는 것이었다.

이제야 그렇게 되었구나.

이제야 나를
모르는 기척이라고
여기지 않게 되었구나.

그게 참 좋았다.

뭐야.
왜 웃어?

-아니, 그냥
좋아서.

이불은 좋을지도 모르겠다. 내가 계속
있으니까. 밝을 때도 어두워질 때도
내가 계속 옆에 있으니까. 우리 같이
지는 해를 보는 것이 얼마만이지?

귀찮을 수도 있다. 계속 같이 있으니까.
낮은 너 혼자만의 시간.
그걸 빼앗아버린 것일지도 모르겠다.

나는 친구와 오래
붙어 있을 때 그런 생각을 해.

네 시간을
뺏는 것일지도
모르겠다고.

우리는 같은 시간을 똑같이
보내고 있는데 우리의 시간이
사라지는 것은 동시인데

자꾸 그런 생각을 한다.
나는 시간을 뺏긴 적이 있는 걸까?

이불은 말이 없고 이불의
의중을 아직은 알 수 없다.
(미래에는 가능할지도)

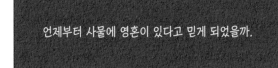

언제부터 사물에 영혼이 있다고 믿게 되었을까.

그리고 왜 그 믿음은 이어지지를 않는 것일까.

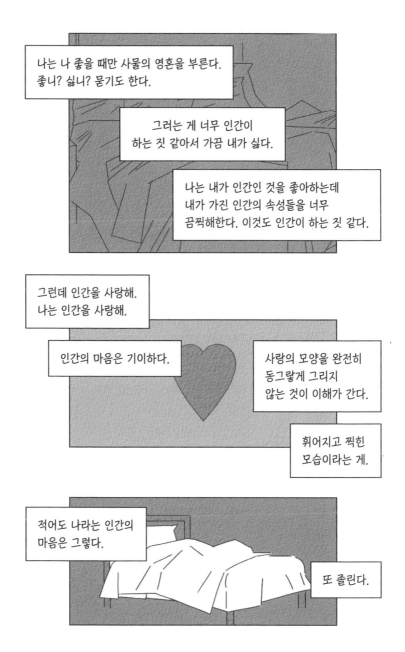

오늘은 처음이 많았습니다.

그러니까, 일단

1. 처음으로 '팝업스토어'에 갔습니다.
(백화점에 먹는 거 빼고 만화책 사러)

2. 처음으로 작가님 두 분을 만나 뵈었습니다.
(인터넷 말고 진짜로)

3. 팝업스토어는 처음 가는 동네에 있었습니다.

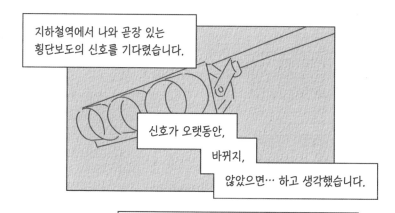

지하철역에서 나와 곧장 있는
횡단보도의 신호를 기다렸습니다.

신호가 오랫동안,

바뀌지,

않았으면… 하고 생각했습니다.

기다렸지만 도망가고 싶어지는 마음이 있잖아요.

그렇지만

4. 작가님을 뵙고 처음으로 사인을 받았습니다.

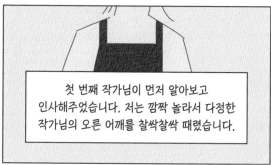

첫 번째 작가님이 먼저 알아보고
인사해주었습니다. 저는 깜짝 놀라서 다정한
작가님의 오른 어깨를 찰싹찰싹 때렸습니다.

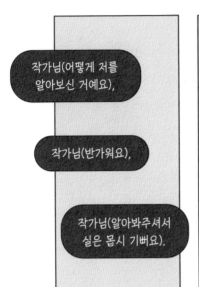

작가님(어떻게 저를
알아보신 거예요),

작가님(반가워요),

작가님(알아봐주셔서
실은 몹시 기뻐요).

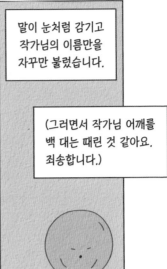

말이 눈처럼 감기고
작가님의 이름만을
자꾸만 불렀습니다.

(그러면서 작가님 어깨를
백 대는 때린 것 같아요.
죄송합니다.)

5. 두 번째 작가님도 처음 뵈었습니다.

곧 떠나려는 저에게 작가님은
좀 더 머물다 가라 하셨지만
저는 아니에요, 하였습니다.

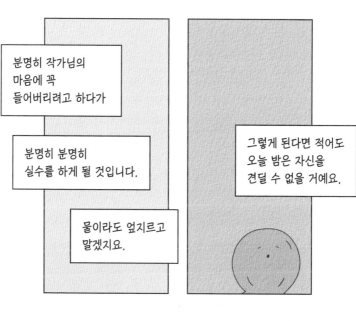

분명히 작가님의
마음에 꼭
들어버리려고 하다가

분명히 분명히
실수를 하게 될 것입니다.

그렇게 된다면 적어도
오늘 밤은 자신을
견딜 수 없을 거예요.

물이라도 엎지르고
말겠지요.

우리는 안녕히 인사를 하였습니다.

처음으로, 만난 작가님과

처음으로, 포옹을 하였습니다.

제가 너무 거칠고 세게 안아서
작가님의 모자가 벗겨져버리면 어쩌죠?

그런 걸 걱정하였습니다.

작가님,
작가님….

속으로만 불러도 갈증이 나는 것인가요?

6. 목이 말라 처음 가는 카페에서 처음으로
딸기 바나나 프라푸치노를 먹었습니다.

다정한 친구에게 선물받은
기프티콘을 사용했습니다.

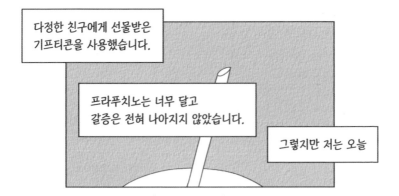

프라푸치노는 너무 달고
갈증은 전혀 나아지지 않았습니다.

그렇지만 저는 오늘

딸기 바나나 프라푸치노를 먹고
두 얼굴을 처음으로 본 사람이 되었습니다.

만나지 않은 것을 만난 사람이 되었습니다.

그런 사람이 되었습니다.

이제는 또 만나는 사람이 될 수 있어요.

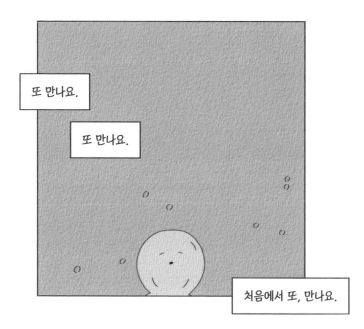

또 만나요.

또 만나요.

처음에서 또, 만나요.

주말이 가끔 싫다.
(진짜 가끔임)

나 빼고 재미있는 일이
일어나기 때문이다.

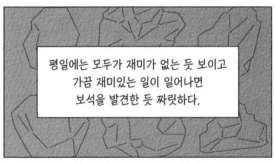

평일에는 모두가 재미가 없는 듯 보이고
가끔 재미있는 일이 일어나면
보석을 발견한 듯 짜릿하다.

주말은 주말 자체가 보석처럼 느껴지니까.

월화수목금 오래 견딘
광물을 쥐는 일이니까.

빛 속에서 빛을
또 찾기가 쉽지 않다.

누워서 한강변을 걷는 상상을 한다.

실제로는 감염병 위험에 나가지 않으니까.
누워서 상상하는 것이다.

한강은 폭이 넓고 큰 강이다.

세계에서 몇 번째 정도
큰 강이 될 수도 있을 것이다.

긴 강은 못 되겠지.
한국 땅 크기가 있으니까.

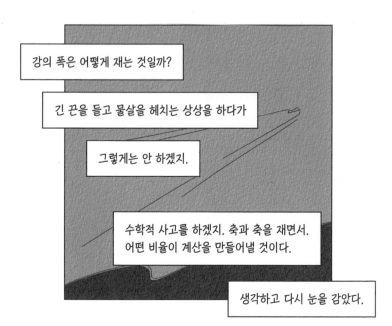

강의 폭은 어떻게 재는 것일까?

긴 끈을 들고 물살을 헤치는 상상을 하다가

그렇게는 안 하겠지.

수학적 사고를 하겠지. 축과 축을 재면서. 어떤 비율이 계산을 만들어낼 것이다.

생각하고 다시 눈을 감았다.

아무튼 한강은 크고 내가 한강변을 걸었어, 이야기해도 네가 나를 찾지 못할 것 같아 안심이 된다. 거짓말을 해도 될 것 같다. 한강변을 걸었어. 그건 별로 특이한 일이 아니니까. 한강에 뛰어들었어. 그건 농담으로 들리니까. 거짓말이 되는 말을 해도 될 것 같다.

상상 속에서 나는 한강을 걷고 그래도 우리가 마주치게 된다면.

그렇다면 사랑을 시작하자.

그렇게 생각하고 킁킁 웃었다.

지금 한강에 사람 많겠지? 다들 사랑하세요. 세상이 좋아질 것 같지 않나요. 킁킁.

세상의 좋아짐은 어떻게 재는 것일까.

우리 사랑의 폭은?

웃다가 또 눈을 감는다.

친구 키티에게는
같이 사는 고양이가 있다.

요즘 잠을 못 자.

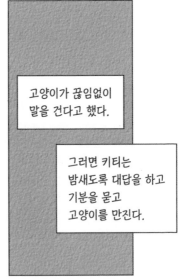

고양이가 끊임없이
말을 건다고 했다.

그러면 키티는
밤새도록 대답을 하고
기분을 묻고
고양이를 만진다.

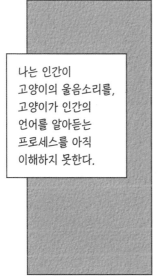

나는 인간이
고양이의 울음소리를,
고양이가 인간의
언어를 알아듣는
프로세스를 아직
이해하지 못한다.

너도 고양이 번역기를 쓰니?

내 물음에 키티가 휴대전화에서
고양이 번역기 앱을 열어 보여주었다.

고양아.

네 친구는 이미 너를
사랑하고 있어.

자신을 엄마라고
부르면서.

그것이 사랑을 주는
이름이라고 생각하면서.

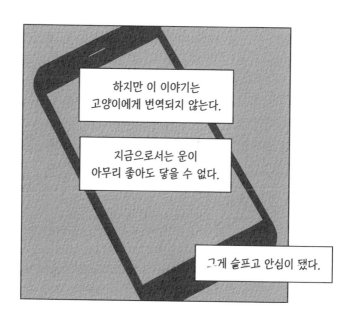

하지만 이 이야기는
고양이에게 번역되지 않는다.

지금으로서는 운이
아무리 좋아도 닿을 수 없다.

그게 슬프고 안심이 됐다.

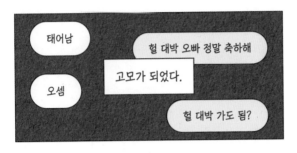

대박이다. 이대로 가다간 '뭐하는지 모르겠고
이상한데 자유로운 고모' 당첨이다….

(돈도 많으면 좋겠지만 돈은 없음)

예쁘구나,

예쁘다.

정말, 예쁘다….

나는 계속 예쁘다는 말을 했다.

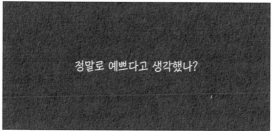

정말로 예쁘다고 생각했나?

아이를 사랑하는 일이
마음의 말에 앞선다.

그렇다고 아주 거짓은 아니야.

아이는 작고 신기하고
커하고 축복하고 싶다.

배운 축복의 말이 몇 없어서

(때로 동화에서, 왕가의 자식이 태어나면 요정들이
축복의 언어를 내려주곤 하지만 구체적으로
어떤 축복의 이야기를 하였는지는 알려주지 않는다.
마법봉을 휘두르는 것으로 그치는 경우도 있다.)

예쁘다는 말만 자꾸 하게 된다.

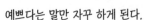

호이잉

예쁘다. 정말, 정말 예쁘다.
너는 참 예쁘구나.

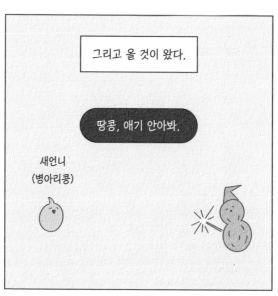

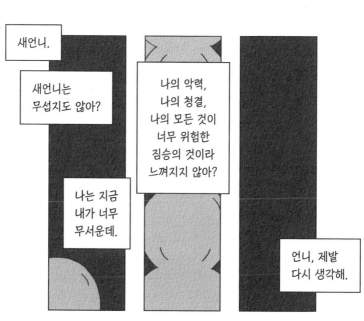

…조카는 너무 작고 연약해서
안아 올리는 순간 뼈의 모든
이음새가 분리되어버릴 것
같았다. 뜨거운 모래처럼.

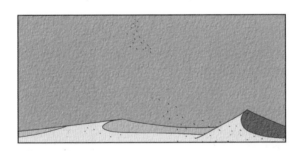

조카는 작고 뜨겁고
침을 많이 흘렸다.

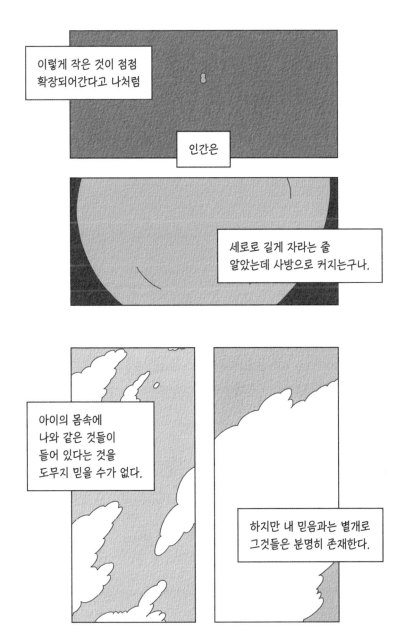

갓 태어난 조카는 스스로 목을 가누지 못해
머리를 내내 받치고 있어야 했다.

아이를 안고 있는
스톡 영상을
떠올려보려고 했지만
잘 되지 않았다.

딱딱한 동상 같은 것이
몇 개 어렴풋이
떠올랐다 흩어졌다.

오빠 집 거실에는 커다란 전신 거울이 있고

아이를 불편하게 안은
불편한 내가 보였다.

엄마는 자꾸 제법 태가 나네 했다.
조카에게 자꾸 내가 예쁘다고 한 것처럼.

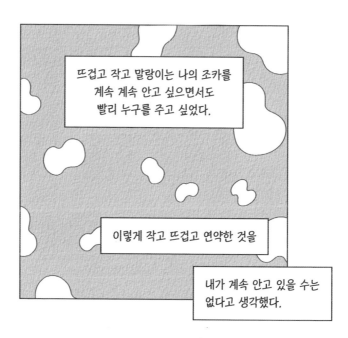

뜨겁고 작고 말랑이는 나의 조카를
계속 계속 안고 싶으면서도
빨리 누구를 주고 싶었다.

이렇게 작고 뜨겁고 연약한 것을

내가 계속 안고 있을 수는
없다고 생각했다.

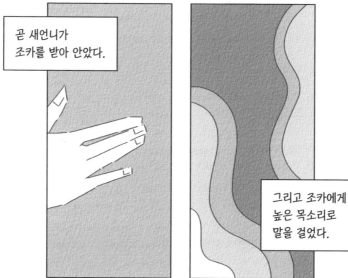

곧 새언니가
조카를 받아 안았다.

그리고 조카에게
높은 목소리로
말을 걸었다.

외투를 빼앗긴 것처럼
추워질 줄 알았는데.

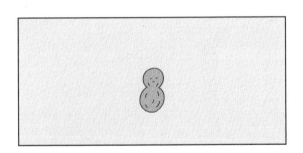

조카를 안았던 품이
오래오래 따뜻했다.

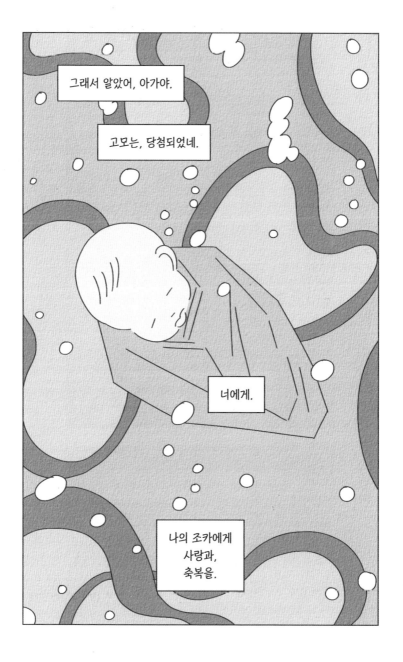

형형색색의 인덱스 스티커를 샀다.

보기에 마음이 흡족해 그런 것은 아니었고
문구점에 색색의 것밖에 없었다.

인덱스는 일곱 가지 색이었다.

일곱 가지 색 중 핑크가 가장 끔찍했다.

그다음으로는 형광 주황이 보기 싫었다.

있는 것을 버릴 수는 없고
빨리 써버려야겠다 싶었다.

마침 책 이곳저곳에
표를 할 일이 있어
핑크를 모두 썼다.

주황도 대부분 썼다.

끔찍한 색이
몇 남지 않았다.

그러나 생은 인덱스가 아니다.

정해진 불행을 소진하는 것이 삶이 아니다.
행복도 마찬가지이고.

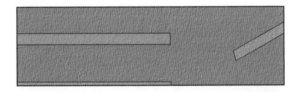

좋은 것을 남긴다고
좋은 채로 남아지는 것도 아니다.

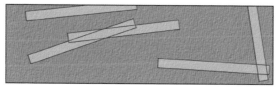
그리고 끊임없이 태어나는 무엇이 있다.

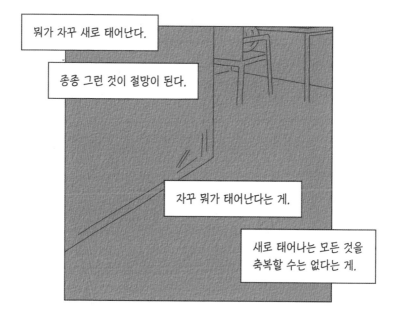
뭐가 자꾸 새로 태어난다.

종종 그런 것이 절망이 된다.

자꾸 뭐가 태어난다는 게.

새로 태어나는 모든 것을
축복할 수는 없다는 게.

태어나기 전.

눈을 몇 번 깜박여본 것 같다.

따뜻하고 캄캄한 기분을.

그때 이미 배운 것 같다.

따끈따끈하고 말랑한 나.

막 체온을 옮겨 받은,

내가 생각이 난다.
엄마의 체온을.

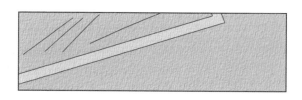

어느 날 앨범에서 본 엄마는
스물다섯이었고,
나를 갓 낳은 뒤였다.

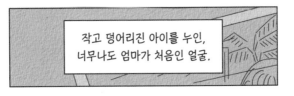

작고 덩어리진 아이를 누인,
너무나도 엄마가 처음인 얼굴.

카메라를 바라보는 스물다섯 여자애의
낯익고도 낯선 얼굴을 보면서 나는 울었다.

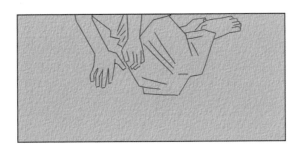

우는 것을 들키지 않으려
닦지 못한 눈물에 온통 젖었다.

그러나 눈물의 이유를
설명할 수는 없었다.

본인이 키가 작아
내가 작을까 걱정했다던 엄마.

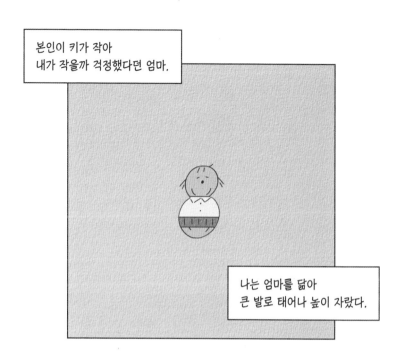

나는 엄마를 닮아
큰 발로 태어나 높이 자랐다.

엄마. 그런데 나 그때 이미 알았어.

내가 물려받을 것이,

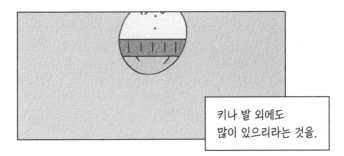

키나 발 외에도
많이 있으리라는 것을.

나에게서 점점 더
엄마를 발견해나가는 것이

내가 커가는 과정일 것임을.

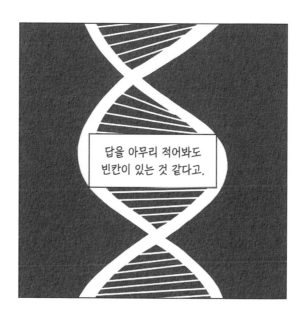

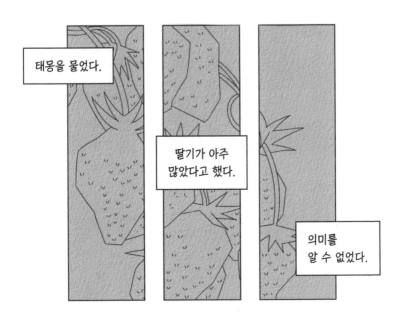

태몽을 물었다.

딸기가 아주
많았다고 했다.

의미를
알 수 없었다.

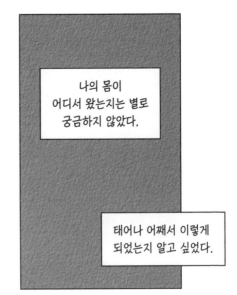

나의 몸이
어디서 왔는지는 별로
궁금하지 않았다.

태어나 어째서 이렇게
되었는지 알고 싶었다.

어떤 슬픔이
왜 나에게는 쉽게 오는지.

하는 수 없이 깊어지는지.

어떤 바람은
왜 내 앞에서만
멈추게 되는지.

나는 그것을 왜
기민하게
알아차리고 마는지.

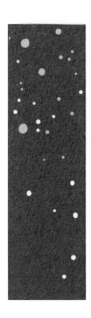

쏟아질 듯한 별을 나는 왜
웃으며 가리키지 못하는지.

곧 덮쳐올 듯 불안에
가슴을 누르는지.

그런 것들이 알고 싶었다.

다섯 살,

오빠와 손을 잡고 걷다가

길가에 돋은 봄까치꽃 군락을
보고 까닭 모를 우울을 느꼈던

그때 이미 나는
지금의 나로
태어나 있었다고.

여덟 살,

검은 철창이나 다리 아래를
상상하고 있었다고.

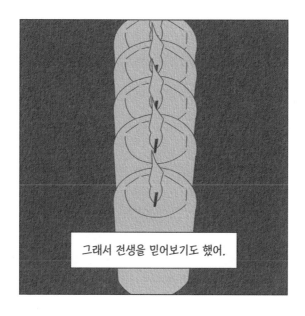

그래서 전생을 믿어보기도 했어.

떠오르는 슬픔,

떠올리는 장면은
지난 삶의 것들이라고.

엄마, 나는 꼭 내가
처음이 아닌 것 같아.

태어나기 전에, 알아버린
마음이 있는 것 같아.

캄캄하고….

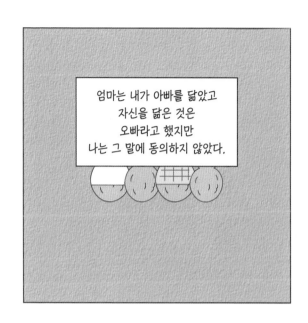

나의 예민,

나의 슬픔.

그것이 엄마의
것들과 얼마나
닮았는지는
알 수 없다.

측량할 수
없는 것이므로.

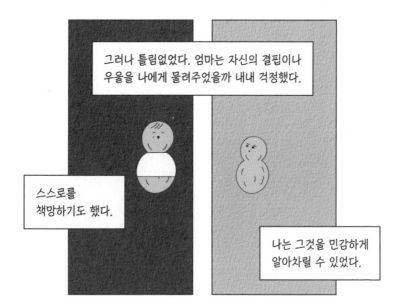

그러나 틀림없었다. 엄마는 자신의 결핍이나
우울을 나에게 물려주었을까 내내 걱정했다.

스스로를
책망하기도 했다.

나는 그것을 민감하게
알아차릴 수 있었다.

엄마에게서
물려받은 감각으로.

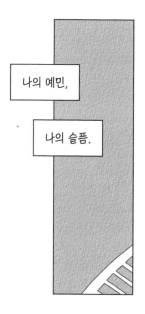

나의 예민,

나의 슬픔.

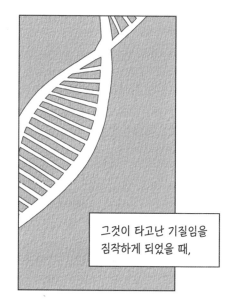

그것이 타고난 기질임을
짐작하게 되었을 때,

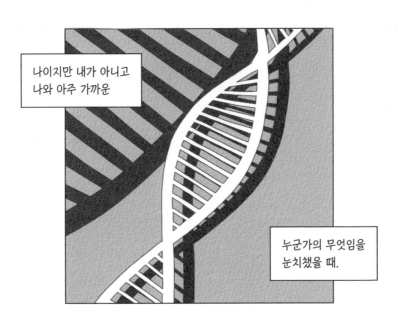

나이지만 내가 아니고
나와 아주 가까운

누군가의 무엇임을
눈치챘을 때.

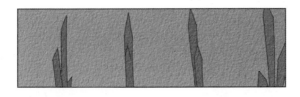

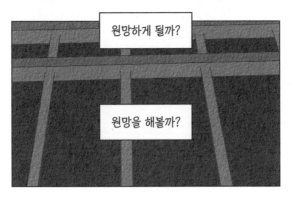

원망하게 될까?

원망을 해볼까?

원망은
어디에서 올까?

원망도 물려받게
되는 걸까?

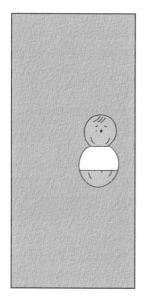

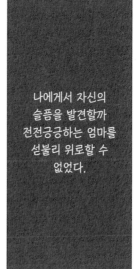

나에게서 자신의
슬픔을 발견할까
전전긍긍하는 엄마를
섣불리 위로할 수
없었다.

그것은
엄마의 슬픔을
타인인 내가
인정하는 일이었고,

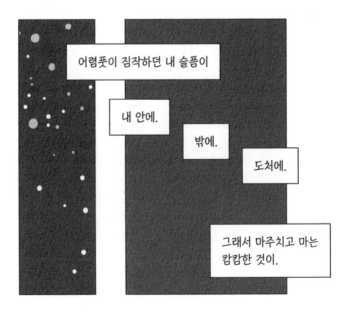

어렴풋이 짐작하던 내 슬픔이

내 안에.

밖에.

도처에.

그래서 마주치고 마는
캄캄한 것이.

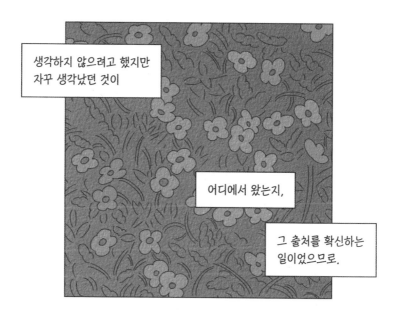

생각하지 않으려고 했지만
자꾸 생각났던 것이

어디에서 왔는지,

그 출처를 확신하는
일이었으므로.

내가 대체 왜 이럴까?

풀리지 않던 의문의 대부분은
물려받았기 때문이라고.

어찌할 도리 없이
받아버렸기 때문이라고.

나는 마음을 단단히 봉했다.

엄마도 엄마의 엄마를
원망하려 했던 일 있어?

그것만은 나의 민감으로도
알아차릴 수 없었다.

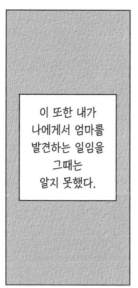

이 또한 내가
나에게서 엄마를
발견하는 일임을
그때는
알지 못했다.

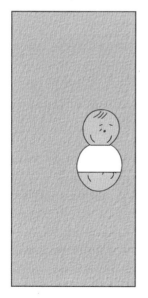

동시에, 엄마가
나로부터
엄마를 발견하는
일임을.

단단히 봉한
엄마의 마음을 생각한다.

그래서 더욱
깨지기 쉬운.

엄마.

나 속이 상할 것 같아.

벌써 가슴이
무너지는 것 같아.

내가 존재하는
것으로 엄마가
괴로울 수 있다면
어떡해야 할까 나는?

그래서 나는 엄마에게
기쁨을 주려 애써.

무리하다 넘어져.

또 넘어지고,

무너지고
몇 번이나…

그게 속상해서.

엄마에게서 발견한
나에게 화를 내.

엄마도 그렇지?

우리는 서로에게서 서로를 발견하잖아.

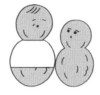

우리는 서로를 살피고 있잖아.

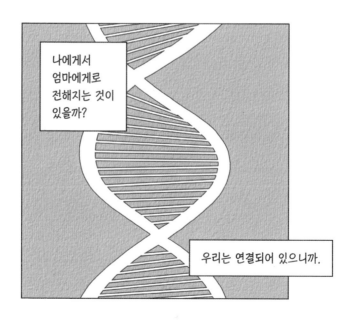

나에게서
엄마에게로
전해지는 것이
있을까?

우리는 연결되어 있으니까.

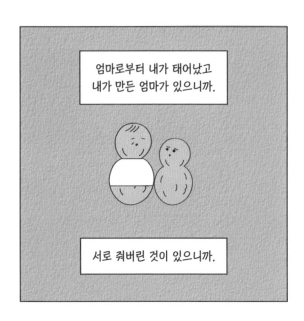

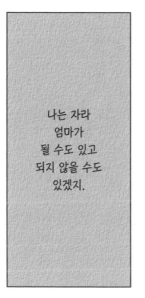

나는 자라
엄마가
될 수도 있고
되지 않을 수도
있겠지.

그래서 나는 내가 돼.

유일한 내가 돼.

막 체온을
옮겨 받은,

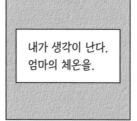

내가 생각이 난다.
엄마의 체온을.

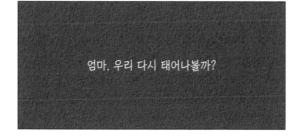

엄마. 우리 다시 태어나볼까?

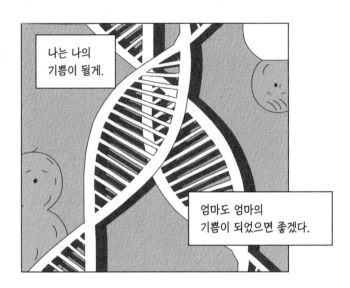

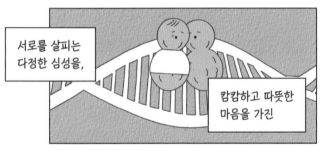

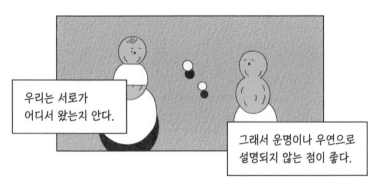

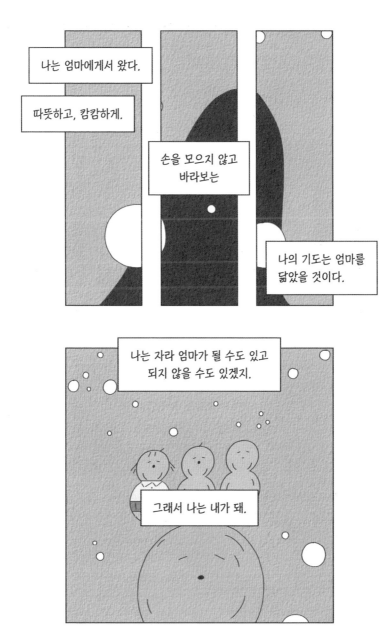

내가
쓰고
그린다.

엄마가 물려준,
영영 죽지 않는 성질로
이야기한다.

우리가 나눈,
기쁨과 슬픔에 대하여.

캄캄하고 따뜻한 그 무한을.

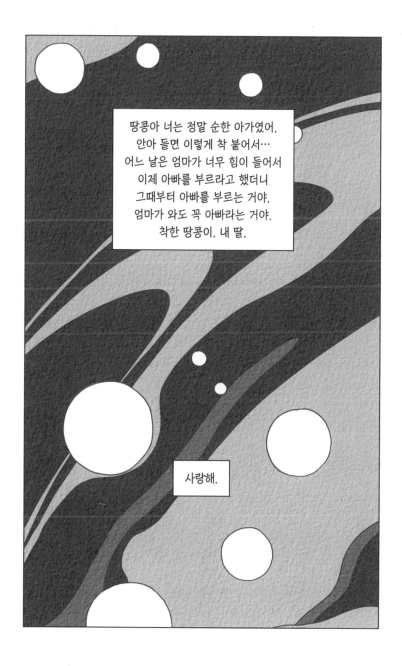

땅콩아 너는 정말 순한 아가였어.
안아 들면 이렇게 착 붙어서…
어느 날은 엄마가 너무 힘이 들어서
이제 아빠를 부르라고 했더니
그때부터 아빠를 부르는 거야.
엄마가 와도 꼭 아빠라는 거야.
착한 땅콩이. 내 딸.

사랑해.

2부

이렇게 해가 뜨거운데
어째서 저 잎들은
푹 익지 않을까.

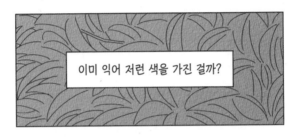

이미 익어 저런 색을 가진 걸까?

그런데 왜 여름에는
덜 익은 냄새가 날까?

덜 익은 참외의
꼭지 같은 냄새가.

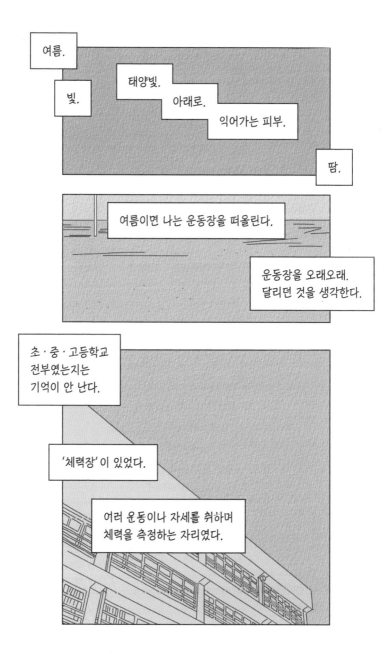

여름.

빛.

태양빛.

아래로.

익어가는 피부.

땀.

여름이면 나는 운동장을 떠올린다.

운동장을 오래오래.
달리던 것을 생각한다.

초·중·고등학교
전부였는지는
기억이 안 난다.

'체력장'이 있었다.

여러 운동이나 자세를 취하며
체력을 측정하는 자리였다.

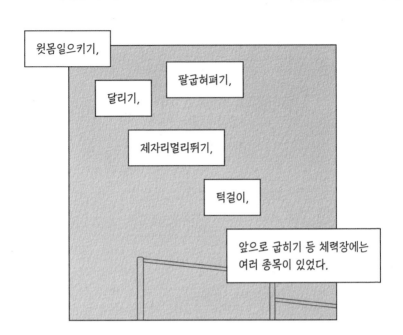

윗몸일으키기,

팔굽혀펴기,

달리기,

제자리멀리뛰기,

턱걸이,

앞으로 굽히기 등 체력장에는 여러 종목이 있었다.

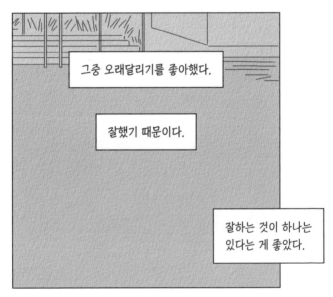

그중 오래달리기를 좋아했다.

잘했기 때문이다.

잘하는 것이 하나는 있다는 게 좋았다.

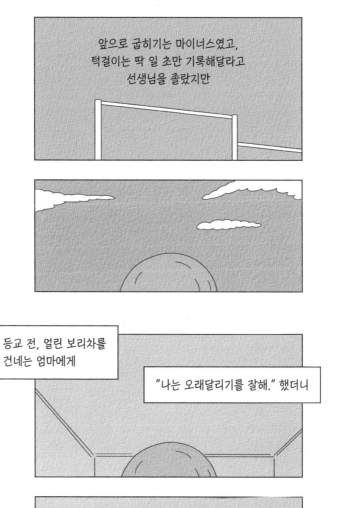

앞으로 굽히기는 마이너스였고,
턱걸이는 딱 일 초만 기록해달라고
선생님을 졸랐지만

등교 전, 얼린 보리차를
건네는 엄마에게

"나는 오래달리기를 잘해." 했더니

엄마가

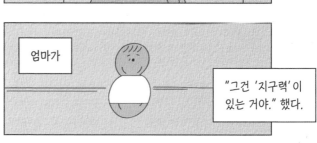

"그건 '지구력'이
있는 거야." 했다.

어떤 말은 그렇다.

한번 마음에 박이면
영영 가는 것들이 있다.

나는 지구력이 있는 거야.

어느 날은 그 말에 기대어
여러 바퀴의 바늘이 도는 것을,
어떤 시간을 견디게 될 줄을 몰랐다.

지구력이 있는 거야.

그 말을 백 번이고
천 번이고 곱씹으면서.

숨을 참았다.
뱉었다.

운동장 여덟 바퀴야.

잊어버리지 마.

숫자를 세면서 달리도록 해.

오래달리기는 인기가 좋은 종목은 아니었다.

오래 달려야 하므로.

거의 항상 체력장의 마지막에 했다.

그게 나는 멋지다고 생각했다.

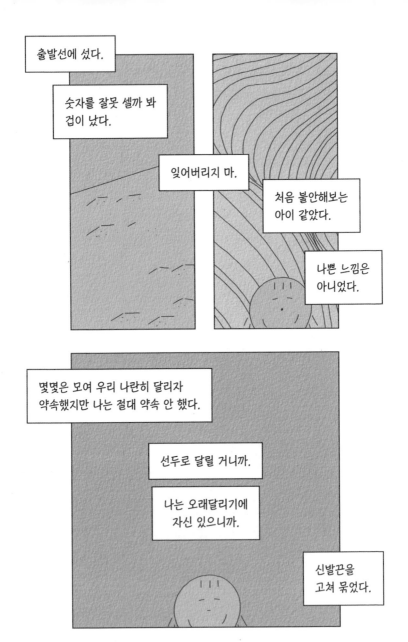

출발선에 섰다.

숫자를 잘못 셀까 봐
겁이 났다.

잊어버리지 마.

처음 불안해보는
아이 같았다.

나쁜 느낌은
아니었다.

몇몇은 모여 우리 나란히 달리자
약속했지만 나는 절대 약속 안 했다.

선두로 달릴 거니까.

나는 오래달리기에
자신 있으니까.

신발끈을
고쳐 묶었다.

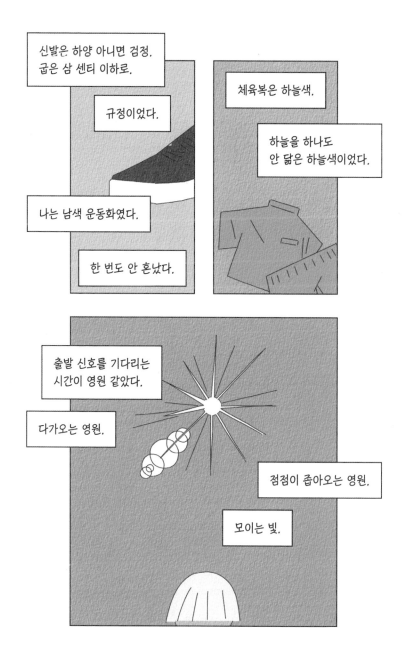

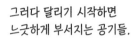

그러다 달리기 시작하면
느긋하게 부서지는 공기들.

보이지 않는
입김 같은 것들.

여름에 입김이라니.

그런데 그런 게
분명히 있었다.

준비, 땅.

땅을 하나도
닮지 않은 신호음.

여름.

빛.

앞으로.

영영 잊히지 않는
여덟 바퀴의 운동장 속으로.

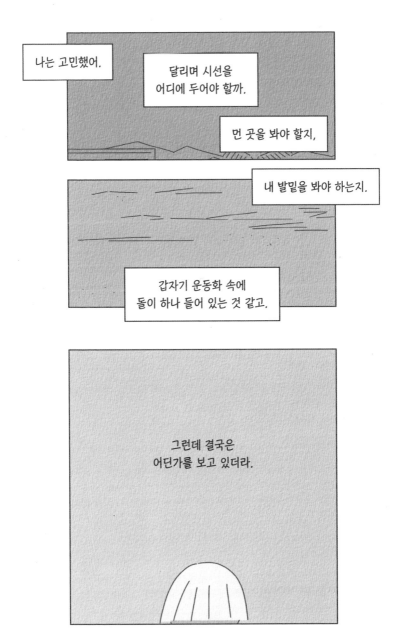

그러니까 일단 달리기 시작하자고.

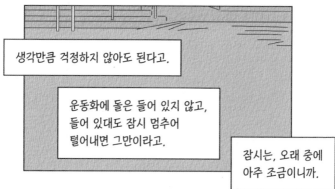

생각만큼 걱정하지 않아도 된다고.

운동화에 돌은 들어 있지 않고,
들어 있대도 잠시 멈추어
털어내면 그만이라고.

잠시는, 오래 중에
아주 조금이니까.

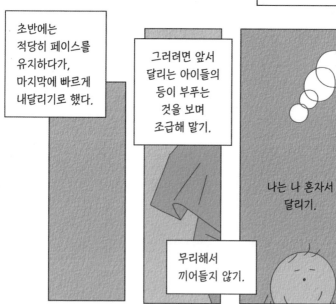

초반에는
적당히 페이스를
유지하다가,
마지막에 빠르게
내달리기로 했다.

그러려면 앞서
달리는 아이들의
등이 부푸는
것을 보며
조급해 말기.

나는 나 혼자서
달리기.

무리해서
끼어들지 않기.

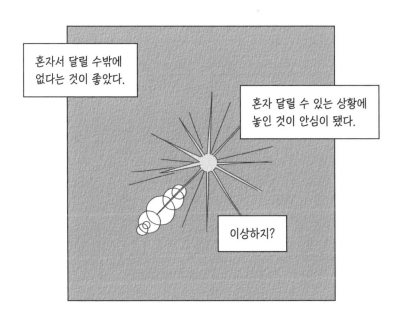

모두가 지켜보는 앞에서 혼자이고 싶은 순간을

돌아갈 곳으로 달리며 도망치는 그런 기분을

아주 은근한 기다림이 충족되는
순간의 고양감을 느끼며 오래 달리려고,
오래 달려보는 일이 좋았다.

혼자서.

텅 빈 마음에는
텅 빈 마음이
있다는 것을

달리면서
알았던 것 같다.

마음을 비우고 달리려고,
마음을 비우려는 마음을
마음 가득 채우면서 달렸으니까.

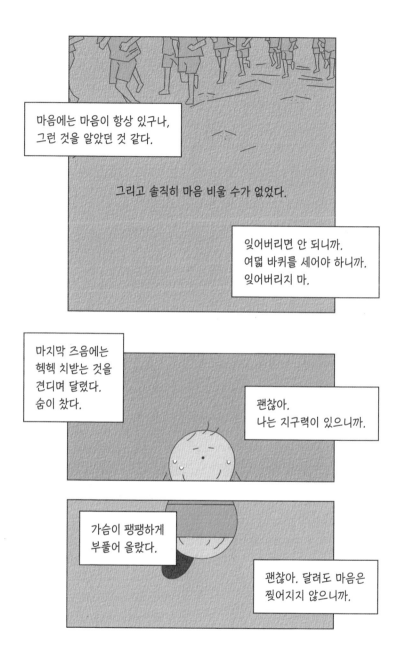

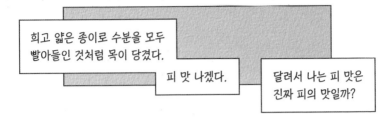

희고 얇은 종이로 수분을 모두
빨아들인 것처럼 목이 당겼다.

피 맛 나겠다.

달려서 나는 피 맛은
진짜 피의 맛일까?

건강한 편은 아니었다.
몸이 약하고 잔병이 많았다.

코피가 자주 났다.

한 번은 세수하다가 코피가 나서
얼굴에 핏물을 뒤집어쓴 일도 있었다.

그런데 오래달리기만큼은 잘했다.

오래오래,

그렇게 잘 달린다는 게
스스로도 신기했다.

역시, 나는 지구력이 있으니까?

한번 마음에 박이면
영영 가는 것들이 있다.

나는 지구력이 있는 거야.

그렇게 접시를 비워내듯이,
깨끗하게 여덟 바퀴를 달렸다.

참으며 달리진 않았는데,
울컥 몸의 모든 숨이 치밀어
모랫바닥에 몸을 대고 앉았다.

교실에 두고 나온
얼린 보리차 생각이 간절했다.

고개를 들자
학교 건물이 보였다.

굳게 닫힌 창이,

밖을 몰래 내다보는
아이들의 머리칼이
반짝 빛을 반사하고 있었다.

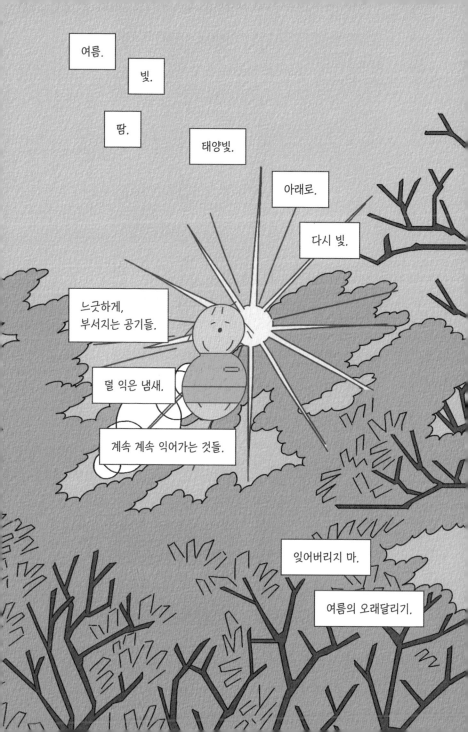

일어나자 비 냄새가 났다.

가끔 아무도 깨워주지 않는
잠을 잔다는 것이 이상하다.

이제는 누가
깨워주는 잠보다
깨워주지 않는 잠을
더 많이 잔다.

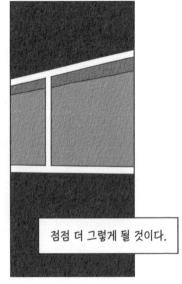

점점 더 그렇게 될 것이다.

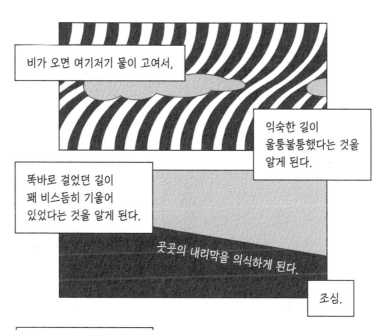

비가 오면 여기저기 물이 고여서,

익숙한 길이 울퉁불퉁했다는 것을 알게 된다.

똑바로 걸었던 길이 꽤 비스듬히 기울어 있었다는 것을 알게 된다.

곳곳의 내리막을 의식하게 된다.

조심.

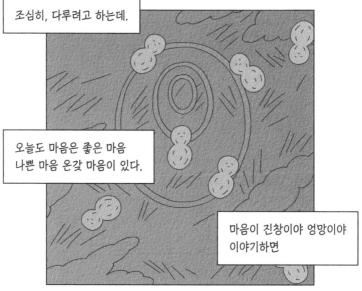

조심히, 다루려고 하는데.

오늘도 마음은 좋은 마음 나쁜 마음 온갖 마음이 있다.

마음이 진창이야 엉망이야 이야기하면

마음을 비우라 한다.

마음은 비울 수 없다.

마음에는 마음이 항상 있다.

그러다 넘치기도 하지만

비우는 일은 할 수 없다.

텅 빈 마음에는 텅 빈 마음이 있다.

마음이 정말로
어디에 고이는 것이어서

비워내고 엎어내고
했으면 좋겠다.

기울어 흐르고
사라졌으면 좋겠다.

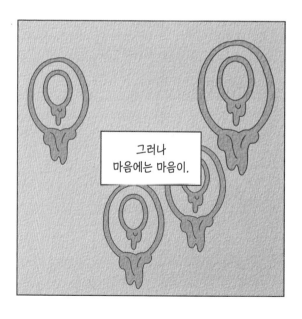

그러나
마음에는 마음이.

집에 모짜렐라 치즈
왕 큰 거 있다.

엄마랑 코스트코 갔다가 엄마가 뭐
먹고 싶은 거 없냐고 했는데 딱히
없고 그런데 엄마가 나를 뭐 사주고
싶어 하는 마음은 충족시켜주고
싶어서 카프레제 만들어 같이
먹을려고 모짜렐라 치즈 골랐다.

두 덩이 중에 하나는 쓰고
하나 남겨 가져왔다.
치즈는 냉장고에 잘 있다.

냉장고 하니까
생각나는 게 있는데

의사 선생님이 나보고 드디어
운동하라는 말을 했다.

선생님이 운동하라고
하자마자 얼굴이 급속도로
어두워지면서 작은 인간이
되어서 선생님을
웃기고 말았다.

이거 그냥 웃긴 걸로
퉁치면 안 되나요?

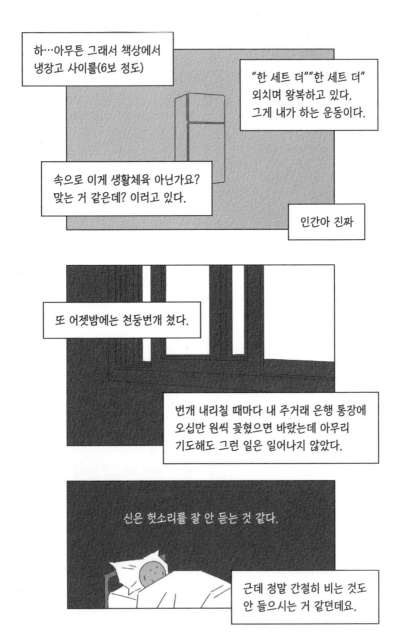

하…아무튼 그래서 책상에서 냉장고 사이를(6보 정도)

"한 세트 더""한 세트 더" 외치며 왕복하고 있다. 그게 내가 하는 운동이다.

속으로 이게 생활체육 아닌가요? 맞는 거 같은데? 이러고 있다.

인간아 진짜

또 어젯밤에는 천둥번개 쳤다.

번개 내리칠 때마다 내 주거래 은행 통장에 오십만 원씩 꽂혔으면 바랐는데 아무리 기도해도 그런 일은 일어나지 않았다.

신은 헛소리를 잘 안 듣는 것 같다.

근데 정말 간절히 비는 것도 안 들으시는 거 같던데요.

제가 양치기 땅콩 같나요? 아니면
배탈 났을 때 잘못했다고 살려달라고 화장실에서
계속 불러대서 비위 상하셨나요.

진심으로 반성하는 건 그때뿐인 것
같은데 아무튼 잘못했습니다.

돈 줍고 싶다.

아니면 굴지의 대기업이
나를 후원해줬으면 좋겠다.

넉넉한 마음으로.

그냥 내가 잘 있는지
지켜봐주고 돈 주고

나는 돈 받았으니까
나 잘 보살피면서
그렇게 있었으면 좋겠다.

일기 쓰다 보니까 신이 왜 내게
귀 기울이지 않는지 조금 알 것 같다.

조금뿐이다.

터질 것같이
내가 하나가 되고 싶어.

어젯밤에는 내가
내 성에 안 차서
이불을 발로 차고
발을 비비고
오래 잠을 못 잤다.

나는 내가 너무 기특하면서도 성에 안 찬다   (189)

나는 내가
너무 기특하면서도
성에 안 찬다.

근데 남이 나를 성에
안 차하는 꼴은 못 보겠다.

내가 나는 견디려고 해도
남은 못 견디겠다.

나는 내가 마음에 들지만
가끔은 꽉 들지는 않고 그렇지만
그걸 남이 손가락질하면
가만두지 않겠다.

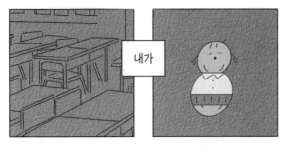

내가

시험 치고 수험 생활하고 면접 보고
일을 할 때(지금도 하고 있지만)

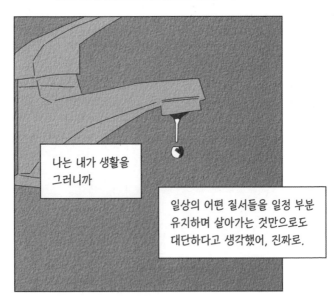

나는 내가 생활을
그러니까

일상의 어떤 질서들을 일정 부분
유지하며 살아가는 것만으로도
대단하다고 생각했어, 진짜로.

왜냐면 나는
너무 도망치고 싶었는데

도망치거나 도망치지 않는 것에
에너지를 너무너무 많이 써야 했고

그러고 나서 남은 에너지로
살고 씻고 먹고 다 해야 했어.

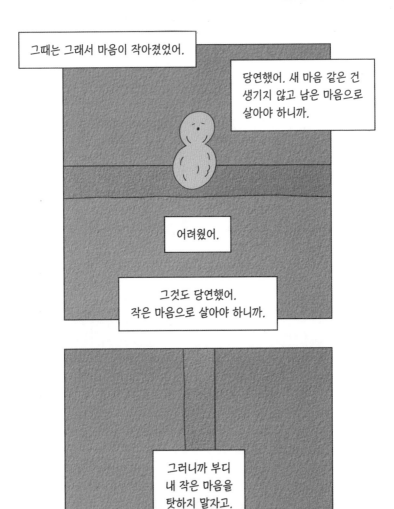

그때는 그래서 마음이 작아졌었어.

당연했어. 새 마음 같은 건 생기지 않고 남은 마음으로 살아야 하니까.

어려웠어.

그것도 당연했어.
작은 마음으로 살아야 하니까.

그러니까 부디
내 작은 마음을
탓하지 말자고.

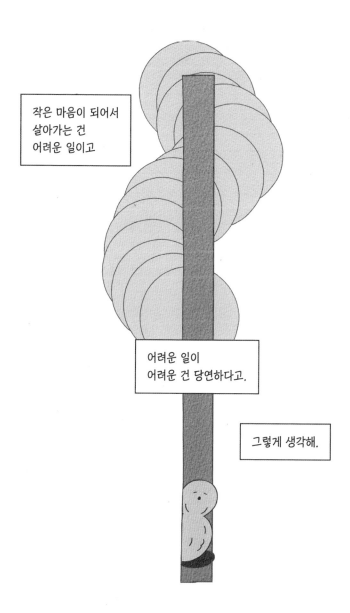

겁이 나고 불안하면 나는 빙긋이 웃었다.

미소는 능숙하게까지 보였다.

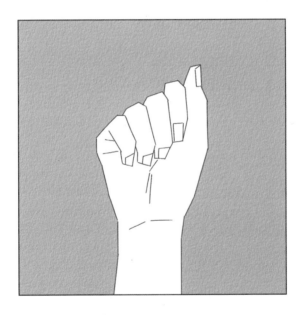

어서 나를 지나가라는 신호였던 것 같다.

그러면서도 나의 불안을 눈치채어주기를.

그리하여 이다지도 위태로운
나를 안아주기를.

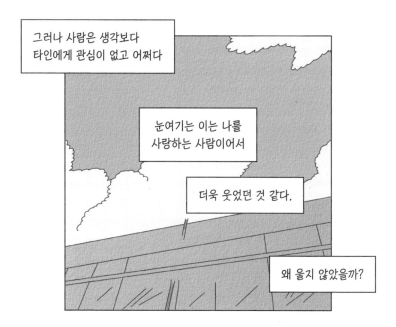

그러나 사람은 생각보다
타인에게 관심이 없고 어쩌다

눈여기는 이는 나를
사랑하는 사람이어서

더욱 웃었던 것 같다.

왜 울지 않았을까?

미소 짓기는 그다지 용기가
필요하지 않아서 그랬던 것 같기도 하다.

그게 아니라면 그것이
내 최대한의 용기였을지도.

속은 하나도 멀쩡하지 않았지만

나부끼는 것을 바라보듯,
태연하게 서 있곤 했다.

낯선 환경에 놓일 때

상담을 받을 때

나는 많이 웃고 심지어 사람들을 웃겼다.

상황에 따라 즉시 광대가 되기를 자처했다.

그러면서 구멍이 있었다.

그 구멍으로 웃음이 샜다.

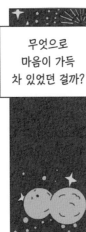

무엇으로
마음이 가득
차 있었던 걸까?

마음의 어디가
터져버린 걸까?

종종 느끼던
답답함은
역시 마음에
무언가가 가득
있었기 때문에?

내 왼손 중지에는
찢겨 트인 흉이 있다.

상처가 미소를 닮았다고
생각한 적 있다.

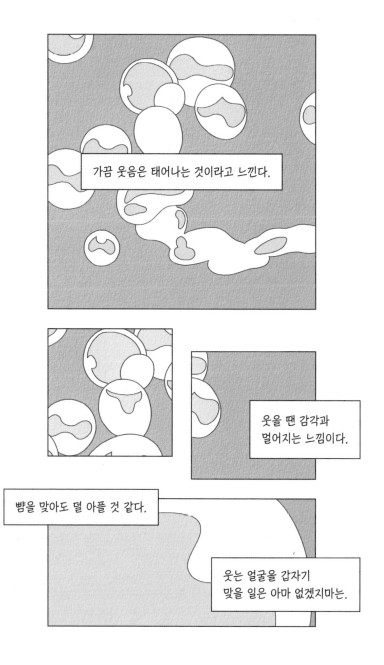

피부 조직과 신경 사이에
막연한 거리가 생기는 기분이 든다.

미소의 근육이
두터워진다.

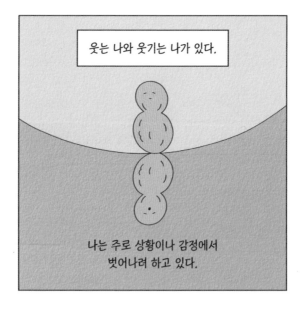

웃는 나와 웃기는 나가 있다.

나는 주로 상황이나 감정에서
벗어나려 하고 있다.

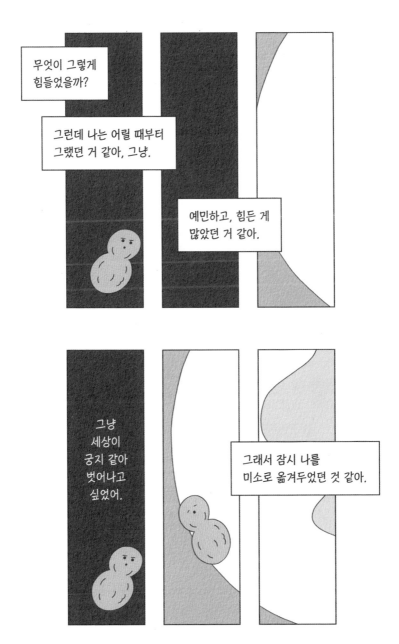

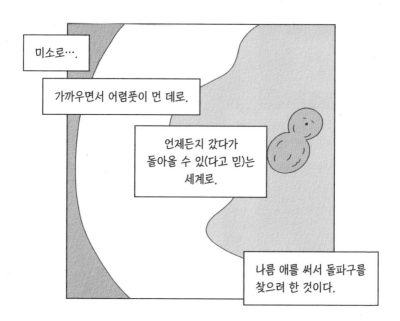

미소로….

가까우면서 어렴풋이 먼 데로.

언제든지 갔다가
돌아올 수 있(다고 믿)는
세계로.

나름 애를 써서 돌파구를
찾으려 한 것이다.

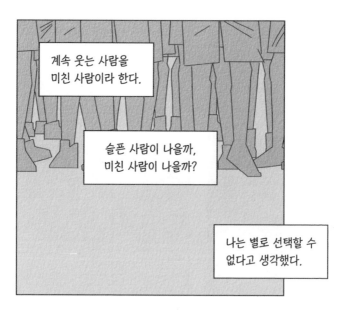

계속 웃는 사람을
미친 사람이라 한다.

슬픈 사람이 나을까,
미친 사람이 나을까?

나는 별로 선택할 수
없다고 생각했다.

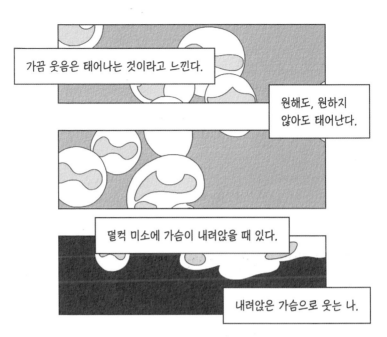

가끔 웃음은 태어나는 것이라고 느낀다.

원해도, 원하지 않아도 태어난다.

덜컥 미소에 가슴이 내려앉을 때 있다.

내려앉은 가슴으로 웃는 나.

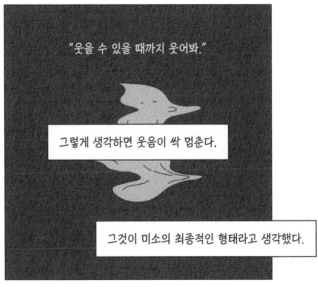

"웃을 수 있을 때까지 웃어봐."

그렇게 생각하면 웃음이 싹 멈춘다.

그것이 미소의 최종적인 형태라고 생각했다.

"너는 진짜로 웃을 때 그렇게 웃는구나."

그런 말을 누가 한 적 있다.

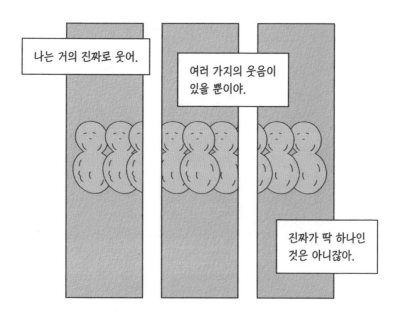

나는 거의 진짜로 웃어.

여러 가지의 웃음이 있을 뿐이야.

진짜가 딱 하나인 것은 아니잖아.

그런데 있지,

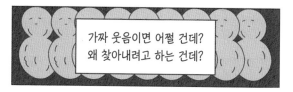

가짜 웃음이면 어쩔 건데?
왜 찾아내려고 하는 건데?

누군가 내 미소를 취급하려 하면 화가 난다.

그게 또 내 탓 같아서 더 화가 나.

겁이 나고 불안하면 빙긋이 웃었다.

웃으면서 나를 잃어버리는 것 같았다.

내가 구멍으로,

구멍으로 새어나갔다.

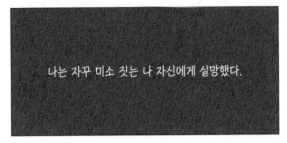

나는 자꾸 미소 짓는 나 자신에게 실망했다.

그게 곤란해서
또 웃었다.

구제불능이라고 생각했다.

능숙하게 웃고 있지만 엉터리였다.

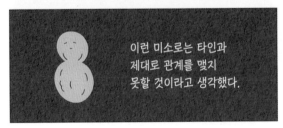

이런 미소로는 타인과
제대로 관계를 맺지
못할 것이라고 생각했다.

나는 모든 촉각을
미소를 해명하는 데에
곤두세웠다.

눈치를 살피고 시간을 쏟았다.

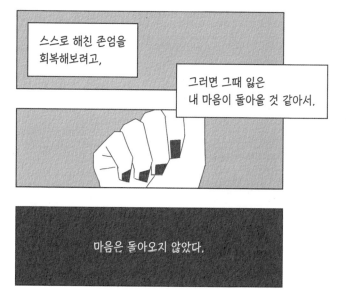

스스로 해친 존엄을
회복해보려고,

그러면 그때 잃은
내 마음이 돌아올 것 같아서.

마음은 돌아오지 않았다.

미소는 마음 밖에도 있다.

마음이 열려야만
웃음을
보이는 것은
아니다.

마음 밖의 미소를 이해하면서

이용하려 하지
말아주었으면 한다.

원치 않는 일을
반복 수행해야 하는 것이
지옥의 과업이라면
미소야말로
지옥의 일이 아닐까?

미소의 해명을
거듭 실패하고

나는 마음속 깊이
미소를 거부하기 시작했다.

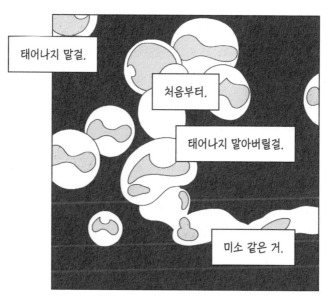

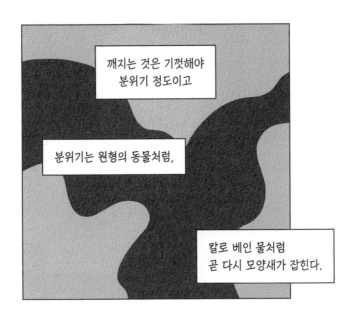

깨지는 것은 기껏해야
분위기 정도이고

분위기는 원형의 동물처럼,

칼로 베인 물처럼
곧 다시 모양새가 잡힌다.

무엇이 영영 깨지더라도
내가 나로 있기 위해
그 무엇을 깨뜨리는 것을,

많이 두려워하지
않았으면 한다.

이것은 나에게 하는 이야기이다.

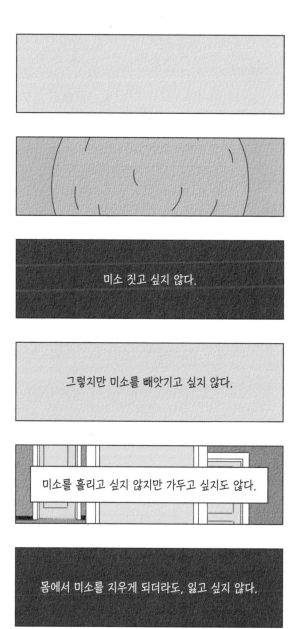

미소 짓고 싶지 않다.

그렇지만 미소를 빼앗기고 싶지 않다.

미소를 흘리고 싶지 않지만 가두고 싶지도 않다.

몸에서 미소를 지우게 되더라도, 잃고 싶지 않다.

미소의 생활,

그 생활의 주인이 나이고 싶다.

겁이 나고 불안하면 나는 빙긋이 웃었다.

능숙하게, 미소 지으면서 알게 됐다.

미소 짓기가 최대한의
용기일 수 있음을.

애써 찾아낸 나름의 생활일 수 있음.

힘껏 던진 미소가 있다면

가슴으로 받아내고 싶다.

내가 던져본 일 있으므로.

세상에서
가장 팽팽한
그 포물선을

그대로 부드럽게 안아볼 수 있다고.

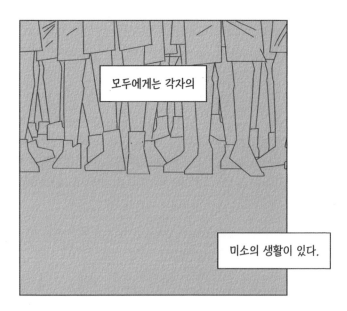
모두에게는 각자의

미소의 생활이 있다.

같이 해보자. 너그럽게 살아가보자.

미소의 생활을.

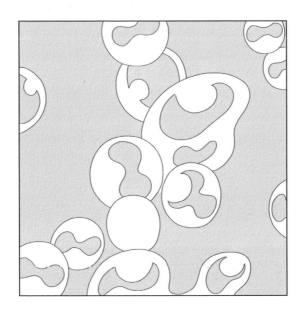

용기에 포옹을.

여행을 간 밤이었는데,
이차선 정도 되었을까.

도로의 건너편을 빛도 횡단보도도
사람도 없이 건너야 했다.

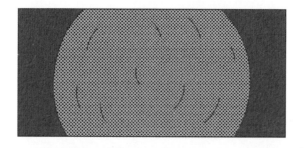

이후에 간 다른 여행지에서는
팔차선이 넘는 도로에

신호 하나 없이 무시무시하게 달리는
차들 사이를 뚫어야 했다.

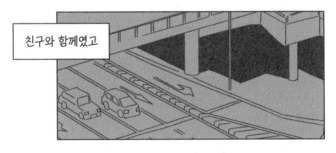

친구와 함께였고

까
하
하

아
하
하

건너고 나니
그게 다 놀이 같아
깔깔 웃었다.

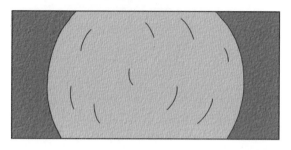

내일의 밤까지 깨어 있자
살아 있자 다짐할 때

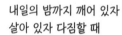

내일이 꼭 그 밤

이차선 도로의 건너처럼
까마득할 때가 있다.

나중에 현지 친구가 그랬다.

"그럴 땐 무서워 말고 일정한 속도로 걸으면 돼.
빨리 달리거나 갑자기 멈춰 서지 않으면 돼.
그러면 주변이 알아서 너를 의식하고
비켜가 준다. 백차선도 상관 없어."

이후로 그래도
살아가던 때에

그래도 먹고, 그래도 자고,
그래도 사랑하던 때에

도로를 건너는 상상을
종종 하게 됐다.

반드시 나아지는 내일로 건널 때.

양말 뭉친 것

너무 지쳐서 지금 누가 입에
양말 넣어도 가만 있을 거 같다.

오늘 외출했기 때문이다.

밖에 나가면 어딘가로 무언가가
줄줄 새는 기분입니다.

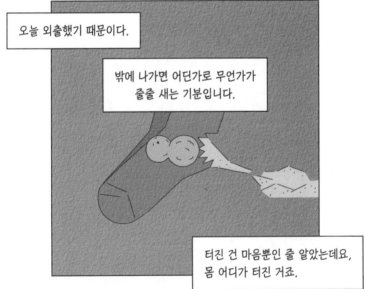

터진 건 마음뿐인 줄 알았는데요,
몸 어디가 터진 거죠.

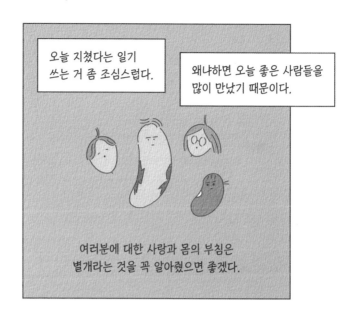

오늘 지쳤다는 일기
쓰는 거 좀 조심스럽다.

왜냐하면 오늘 좋은 사람들을
많이 만났기 때문이다.

여러분에 대한 사랑과 몸의 부침은
별개라는 것을 꼭 알아줬으면 좋겠다.

또 알아줬으면 좋겠는 게 뭐냐면
나는 진짜 여름에 나가는 것을
극도로 꺼리는 사람이고

그럼에도 불구하고 약속을 잡는다면
그것은 당신을 정말로 사랑한다는 뜻입니다.

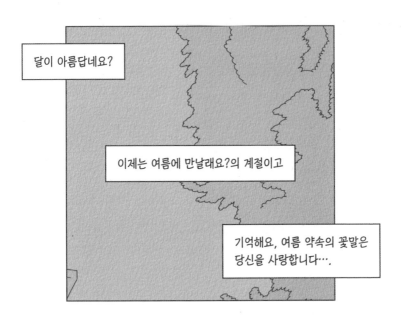

달이 아름답네요?

이제는 여름에 만날래요?의 계절이고

기억해요, 여름 약속의 꽃말은
당신을 사랑합니다….

그러나 만나지 않는다고 해서
당신을 사랑하지 않는다는 것도
아님을 알아주시길….

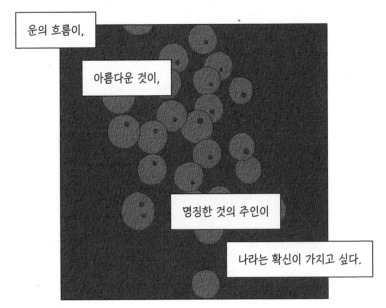

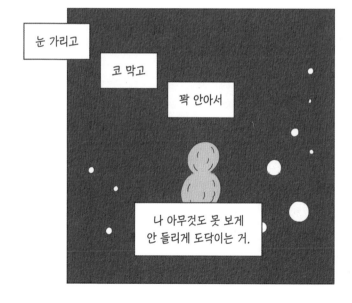

그래서 위험에도
서 있을 수 있게 하는 거.

그거 갖고 싶어.

한 번밖에
말하지 않는
사랑해 말고

여러 번
내 뒷목을 가두며
사랑한다고

죽을 때까지
말해주었으면 좋겠다.

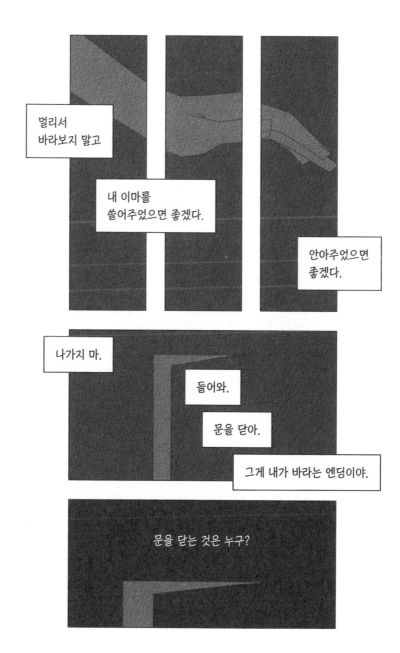

솔직히 말을 해봐.

삼백 억이 생기면 무엇을 할 거냐는
질문에 나는 일관해서 답을 한다.

누워 있을 거예요.

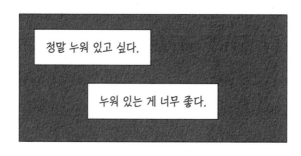

정말 누워 있고 싶다.

누워 있는 게 너무 좋다.

가능하다면 나는 정말 매번 누워 있고 싶다.

그리고 솔직히 스스로는 이해가 가는데 남들은 이해 안 할 거 같지만 걷는 것도 좋다.

걸으러 나가기까지가 힘들어서 그렇지.

걷는 일을 정말 좋아한다.

가만히 누워서 걷는 것을
상상하는 것도 좋다.

창문을 전부 열고.

가만히 누워서 걷는 일이 좋다고 말했어.

말을 해보라고 하면
말은 잠깐
모르는 것이 된다.

나는 지방에서
나고 자라서
서울로 올라온 뒤로는
사투리로 말해보라는
요구를 받곤 했는데
그때마다 말을 잃은
사람이 되었다.

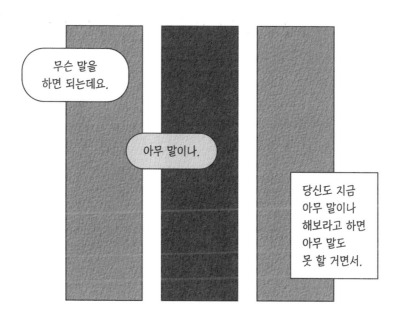

무슨 말을
하면 되는데요.

아무 말이나.

당신도 지금
아무 말이나
해보라고 하면
아무 말도
못 할 거면서.

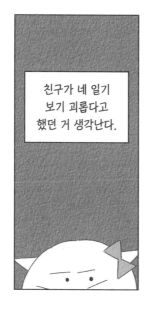

친구가 네 일기
보기 괴롭다고
했던 거 생각난다.

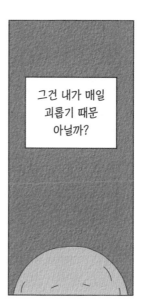

그건 내가 매일
괴롭기 때문
아닐까?

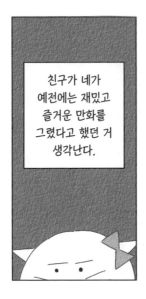

친구가 네가
예전에는 재밌고
즐거운 만화를
그렸다고 했던 거
생각난다.

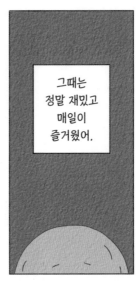

그때는
정말 재밌고
매일이
즐거웠어.

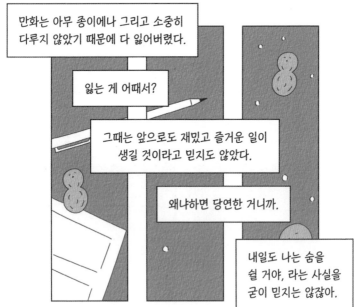

만화는 아무 종이에나 그리고 소중히
다루지 않았기 때문에 다 잃어버렸다.

잃는 게 어때서?

그때는 앞으로도 재밌고 즐거운 일이
생길 것이라고 믿지도 않았다.

왜냐하면 당연한 거니까.

내일도 나는 숨을
쉴 거야, 라는 사실을
굳이 믿지는 않잖아.

있잖아,

그때 내가 그린 그 만화를 찾아 읽으면 나도
다시 재밌고 즐거운 일기를 쓸 수 있게 될까?

뭐가 막 살아날까? 다시?

등을 돌린 것들이
얼굴을 보여줄까?

그 표정을 따라 할 수 있게 될까?

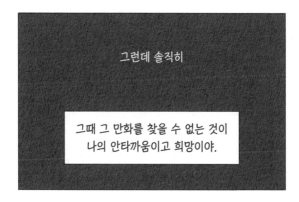

그런데 솔직히

그때 그 만화를 찾을 수 없는 것이
나의 안타까움이고 희망이야.

검은 물 아래의 반지처럼

섬에 버리고 온 금괴처럼

꺼져가는 생명만이 알고 있는
지도의 보물처럼

찾을 수 있다고 믿으면서 찾지 않는 것이
내가 매일 하는 일이야. 내가 좋는 희망이야.

그러니까 나는
가만히 누워서 걷는 것을 상상해.

창문을 전부 열고.

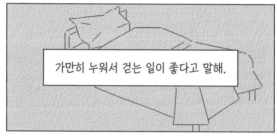

가만히 누워서 걷는 일이 좋다고 말해.

이걸 이해할 수 있겠어?
솔직히 말해봐….

이별한 적 있어?

나는 있어.

내 이야기를
해보려고 해.

사랑보다 이별이
더 내 것에
가까운 것 같아서.

그게 내 얘기여서.

사랑은 내 것이라기에는
너무나 함께한 일이니까.

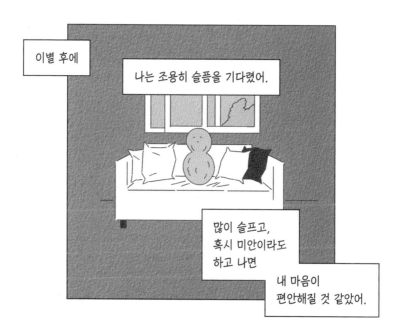

이별 후에

나는 조용히 슬픔을 기다렸어.

많이 슬프고,
혹시 미안이라도
하고 나면

내 마음이
편안해질 것 같았어.

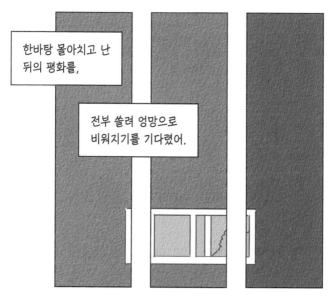

한바탕 몰아치고 난
뒤의 평화를,

전부 쓸려 엉망으로
비워지기를 기다렸어.

그런데 많이
슬프지가 않은 거야.

거대한 슬픔이 덮쳐오기 전의
고요인 것일까?

아니면 이미 너무 슬퍼
무감해진 것일까?

너무 피곤하면
잠에 들지 못하는 것처럼.

나는 지금 슬픔 중인 걸까?

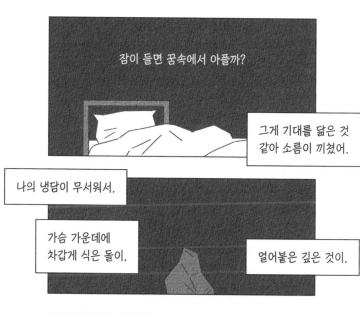

잠이 들면 꿈속에서 아플까?

그게 기대를 닮은 것
같아 소름이 끼쳤어.

나의 냉담이 무서워서.

가슴 가운데에
차갑게 식은 돌이.

얼어붙은 깊은 것이.

헤어져야 하는 사랑*인 것을
정말 몰랐을까?

마음속 깊은 곳에 질문을 던져도
떠오르는 것이 없었어.

*박성신, 〈한 번만 더〉 가사 인용.

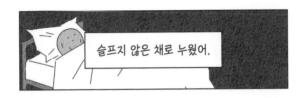

슬프지 않은 채로 누웠어.

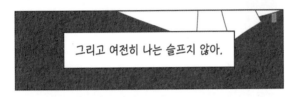

그리고 여전히 나는 슬프지 않아.

가슴은 찢어지지 않아.

가슴이 찢어진다고 말하는 것이,
그것이 우리 사이의 언어였을 뿐.

헤어짐으로 이제는
쓰지 않기로 했지.

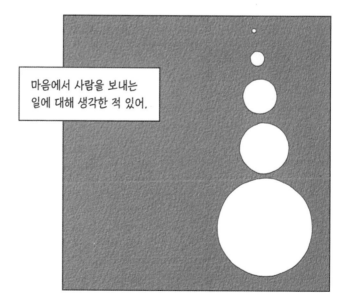

내 마음에서 지운다고 해서

그 사람이 실제로 사라지거나
죽지는 않는다고.

죽어 이별하는
것에 대해서는
모르겠다.

그것이 영원한 이별일까?

영원은
너무 멀고

생각하면 그 거리에
가슴이 초과되어
곧 그만두게 돼.

가보지 않았으나 갈 수 없는
별에 대한 그리움처럼

어지럽고 막막해져.

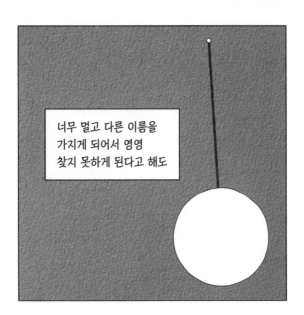

너무 멀고 다른 이름을
가지게 되어서 영영
찾지 못하게 된다고 해도

그래도 우리가 만들어졌잖아.

처음으로 우리가 우리의 마음을 가져봤잖아.

나는 그게 좋았어.

본가 갔다가 돌아가는 길에 엄마가 그랬다.

아쉬울 때 헤어지는 게 맞는 거야.

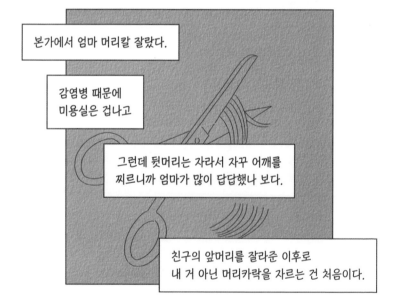

본가에서 엄마 머리칼 잘랐다.

감염병 때문에
미용실은 겁나고

그런데 뒷머리는 자라서 자꾸 어깨를
찌르니까 엄마가 많이 답답했나 보다.

친구의 앞머리를 잘라준 이후로
내 거 아닌 머리카락을 자르는 건 처음이다.

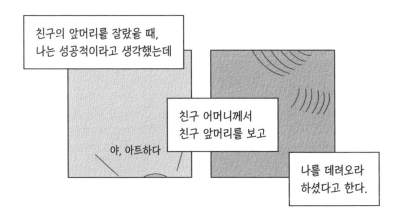

친구의 앞머리를 잘랐을 때,
나는 성공적이라고 생각했는데

친구 어머니께서
친구 앞머리를 보고

야, 아트하다

나를 데려오라
하셨다고 한다.

혹시 잡으러 오실까 고개 푹 숙이며 걸었다.

귀한 자식의 앞머리를
그렇게 만들어서 죄송합니다.

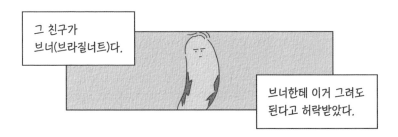

그 친구가
브너(브라질너트)다.

브너한테 이거 그려도
된다고 허락받았다.

나는 주방가위 들고
엄마는 보자기 두르고
머리 잘랐다.

어릴 때 엄마가 내
머리를 잘라주던 기억이,

다 커서 이제는
엄마의 머리를
자르는 나의 감상이

슬픔을 불러오지 않을까
걱정했는데 다행히
그런 건 없었다.

머리는 살짝 아쉽나
싶을 때 그만 잘랐다.

자른 머리는 엄마도
좋아하고 나도 만족했다.

엄마가 메신저로 주변에 엄청 자랑했다.

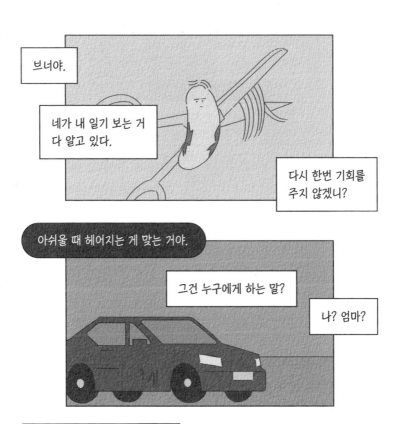

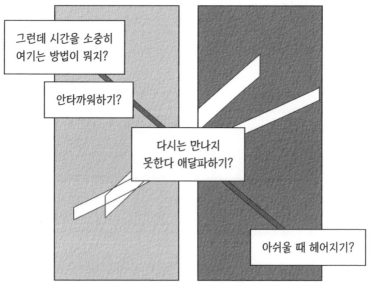

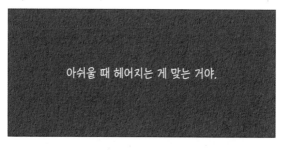

아쉬울 때 헤어지는 게 맞는 거야.

내가 슬픔을 아쉬워하지 않아
이렇게 헤어지지 않는 건가?

슬픔이 미움과
닮았으면 어땠을까.

그러면 좀
열 받는 대신
덜 답답했을
수도 있다.

나는 이유 없이는
잘 미워하게 되지
않기 때문이다.

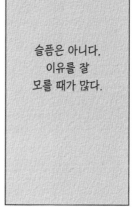

슬픔은 아니다.
이유를 잘
모를 때가 많다.

먹고 싶은 게 있는데 뭘 먹고
싶은지 모르는 사람처럼

아까는 아무 데나 누워 봤다.
눕는 거 좋아하니까.
소파에도 눕고 침대에도
눕고 바닥에도 눕고.

그래도 마음이 좋아지지 않았다.

아주 어릴 때
몽유병 비슷한 게
있었다.

그때도 지금도
침대가 제일
좋은데 어딜
그렇게 다녔을까.

분명 방에서
잠들었는데
아침이면
욕실 바닥에서,
냉장고 앞에서
발견되곤 했다.

뭐가
좋아지고
싶었니?

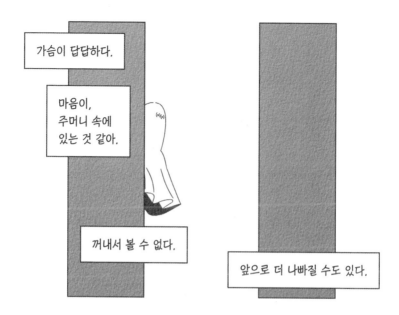

가슴이 답답하다.

마음이,
주머니 속에
있는 것 같아.

꺼내서 볼 수 없다.

앞으로 더 나빠질 수도 있다.

시간을 다룰 수 없어 기록해둔다.
지난 기록에 여름을 지나겠다고 했다.

여름을 지날게.
여름을 지날게.

집에

안전한 괴한이 예약 방문으로 들이닥쳐서
손부터 씻고 생명에 조금도 지장이 없지만
치명적으로 졸린 혈자리를 누른 후 문단속
잘하고 사라져서 잠들었으면 좋겠다.

나갈 때
분리배출 할 것도
좀 들고 나가고.

아. 올 때 복숭아도 사 와.
슬슬 복숭아 나오더라.

난 딱복.

근데 일기 그리고 바로
친구가 뭐 도와달래서
머리 맞대 도와주고

뭐가 안 돼?

원피스?

어제는 마음이
안 좋았다.
마음 안 좋다고
일기 그리고
잘 만큼 안 좋았다.

다른 친구가
원피스 산다는 거
골라주고(말리고)
나니까 기분이
덜 안 좋았다.

이거
참고해

나아졌다.

아무튼 그래서 마음이 나아졌다는 이야기.
쓰고 나니까 친구가 애인이랑 싸우고
헤어졌대서 같이 애인 욕 했더니 다음 날 둘이
다시 사귄다는 얘기처럼 보일까 마음이 그렇다.

사실 어제 일기 그리면서도 나는 분명히
나아질 텐데 어쩔까 하다가 그냥
나쁠 때의 나도 기록해봤다.

그것이 일기. 이것도 나예요.

이제 된다!

그래도 어제 일기 그리지 말고 접고
잠들었으면 하는 마음이 가시지 않는다.

아쉬울 때 헤어지는 게 맞는 거야?

다시 사귀든 뭐든 행복만 해라.

응. 다행이다.

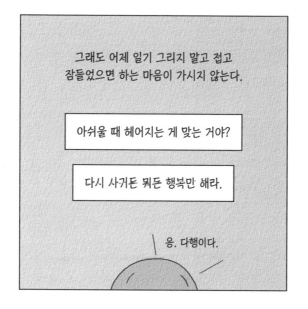

친구가 보여준 원피스는
등이 푹 잘린 듯
엉덩이까지 벌어져 있었다.

이제 마음 안 좋을 때마다
친구들이 나한테 옷
골라달라고 했으면 좋겠다.

등이
추울까?

되도록 마음을 다해
말려야 하는 걸로.

구입을 말렸는데 결국 친구는
원피스를 사기로 했다.

아니면 내 옷 골라야겠다.
나는 나한테도 다정하니까.

그래. 이게 인생이지.
잘 어울렸으면 좋겠다.

다정을 잃지 않는 것이
나의 무기니까.

그래도 다정한,

그래. 다정으로
나를 도우면 되겠다.

나의 다정에
기대면 되겠다.

밥을 짜게 먹어서 물을 많이 마셨다.

명란젓에 참기름을 넣고
냉이 된장국과 밥을 먹었다.

나는 하루에 한 모금도 물을
마시지 않는 때가 있었고

그러면 안 된다는
말에 겁이 나서

물을 한꺼번에
4리터나 마시고
쇼크를 겪은 적 있다.

(다리가 후들후들
떨리고 메스꺼워
서 있을 수 없었다.)

이 이야기를 하면 사람들은 적당히 마셔야지, 한다.

적당히.

적당히가 뭘까요?

물어보면 다들 적당히가 적당히지 대답한다.

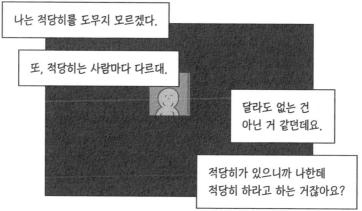

나는 적당히를 도무지 모르겠다.

또, 적당히는 사람마다 다르대.

달라도 없는 건 아닌 거 같던데요.

적당히가 있으니까 나한테 적당히 하라고 하는 거잖아요?

그러나 그런 나도 이제는
적당히 물을 마시고 있다.

얼마나 마시냐고 물어보면
500밀리에서 1리터 정도일까.

4리터 쇼크 이후로
스스로 배운 것이다.

이 정도 마시면
머리도 아프지 않고
다리가 떨리는 일도 없다.

물을 마시는 것 이외에 저는 얼마나 더 많은 적당히를 배워야 하는 것일까요?

스스로 배우고 싶지 않습니다.

겪어봐야 아는 것들에 나는 지쳤습니다.

누군가 적당히 알려줬으면.

우리 한강 걸었던 거 기억나?

서로 가지고 싶은 거 말해보기 했던 거는?

그때 아몬드가
너무 소중한 것을

가슴속에 가슴속에
소중히 가지고 있던 것을

이야기해버려서
나는 미어지는
마음이 되었다.

나에게 몬드가,

몬드의 이야기를 할 때면

나는 어쩔 줄 몰라 한다.

모르면서 아닌 척하느라
일그러진 얼굴을 한다.

몬드도 다
아는 것 같다.

몬드의 이야기가
싫다는 게 아니라

(아니 이럴 때
싫어지는 건 나인데)

몬드의 이야기는
너무 좋은데

(몬드가 하는 몬드의
이야기가 너무 고마운데)

내가 문제다.
(문제는 나야.)

나에게 몬드가,
몬드의 이야기를 줄 때면

나 귀한 것을 귀하게
받아드는 방법을
모르는 것 같아.

소중한 것을 소중하게
여기는 방법을
배우지 못한 사람 같아.

긴장으로 말아드는 어깨를
억지로 펴 내리면서

아무 말이나 하고 싶지 않아서
아무 말도 못 하는 사람이 돼.

간신히 이야기해줘서 고마워,
고마워. 작게 중얼거리면서.

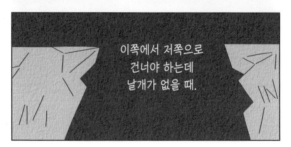

막막한데 귀를 막을 수 없다면

아무도 나를 내리쳐서 기절시킬 수 없다면

뇌진탕으로 얼굴이 흰 종이처럼 창백해지는 상상을

끝없이 하며 육중한 철문을 열어야 한다면

속이 거친 검은 구멍 사이를 걸어야 한다면

빽빽한 이빨 사이를

비스듬히 솟은 가시들

아래로 쏟아지는 겹겹의 벽을

닿지 않고 지나야 한다면

나만 내리막을
무서워하고 있는 것 같다면

나는 하나이고 숨 막힐 듯 여러 개인

길은 모르고

반드시 도착해야 하는 것이라면

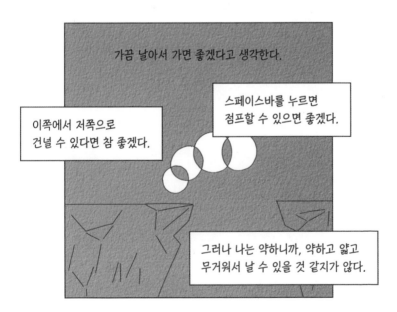

가끔 날아서 가면 좋겠다고 생각한다.

스페이스바를 누르면
점프할 수 있으면 좋겠다.

이쪽에서 저쪽으로
건널 수 있다면 참 좋겠다.

그러나 나는 약하니까, 약하고 얇고
무거워서 날 수 있을 것 같지가 않다.

기분과 문제, 생각을 생각하면
너무 많고 아무것도 없는 것 같다.

고립감과 망망함이 어떻게
같이 있을 수 있는지.

좁고도 커다란 지형을 만나는 것이
가끔은 도무지 이해가 가지 않는다고.

세계는 이해를 기다리지
않고 끝나지도 않고

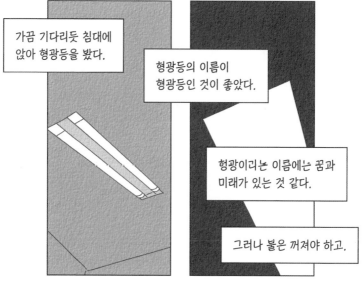

가끔 기다리듯 침대에
앉아 형광등을 봤다.

형광등의 이름이
형광등인 것이 좋았다.

형광이라는 이름에는 꿈과
미래가 있는 것 같다.

그러나 불은 꺼져야 하고.

나의 약한 마음에 대해서
이야기합니다.

아무래도 나는 마음이
강한 편은 아닌 듯하다.

별로 알고 싶지는 않았는데
살면서 자연스럽게,
때로는 뼈아프며 알게 됐다.

태어나길 그렇게
태어났을 수도 있다.

물론 대체로 그렇다는 것이고
강한 부분도 있다.

껌 속의 사탕같이.

내 분수나 기질을 깨달은 이후로
약한 아이를 둔 보호자처럼 유난하게 굴었다.

마음에게 자유로우라 했다가
쉬쉬하라 했다가

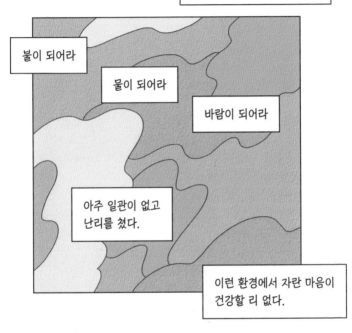

불이 되어라

물이 되어라

바람이 되어라

아주 일관이 없고
난리를 쳤다.

이런 환경에서 자란 마음이
건강할 리 없다.

나는 내 마음의 보호자로
탈락이라는 생각을 자주 했다.

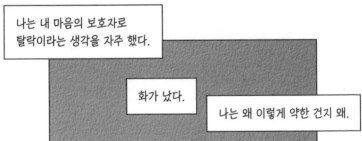

화가 났다.

나는 왜 이렇게 약한 건지 왜.

너
이제 가.

화를 꾹 누르면 슬픔이 돋았다.
환장하겠네. 나는 왜 이렇게 약한 건지.

마음을 가져본 것이 처음이잖아.

가만히 누워 울면서 달래도 보고 했다.

나중에는 내 탓
안 하게 됐는데
계기를 까먹었다.

나중에 생각나면 쓸게요.
근데 진짜 까먹었고
사실 별로 계기가
중요하다는
생각도 안 한다.

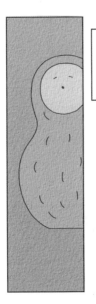

마음을 지나치게
내 것이라 생각하지
않게 되어서 그런가?

내 거를 나에게서 멀리 두면 연민이
생기고 가까이 두면 화가 나고

그러면 괴로워지니까
그만둔 거 같다.

그래서 지금은
마음의 보호자보다는
마음의 친구로 지낸다.

친구에게 잘하듯이 내 마음에
잘하려고 한다. 어차피 절교도 못하고
그러면 그냥 잘 지내자 싶다.

마음이 마음대로 되지 않을 때는
속이 상하지만 친구가 그렇지 뭐.

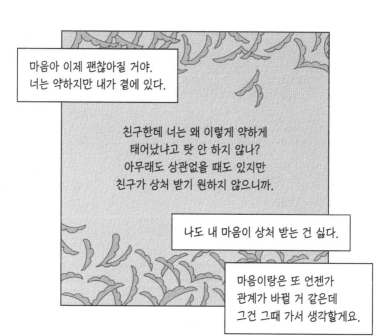

마음아 이제 괜찮아질 거야.
너는 약하지만 내가 곁에 있다.

친구한테 너는 왜 이렇게 약하게
태어났냐고 탓 안 하지 않나?
아무래도 상관없을 때도 있지만
친구가 상처 받기 원하지 않으니까.

나도 내 마음이 상처 받는 건 싫다.

마음이랑은 또 언젠가
관계가 바뀔 거 같은데
그건 그때 가서 생각할게요.

처음이잖아.
네가 마음을 가지게 된 건.

더위를 많이 탄다.

너무 더울 때는 입 속에
얼음이 하나 있다고,

아주 차갑고 물로 만든 사탕이
한 알 있다고 생각한다.

영원히 녹지 않는,

사라지지 않는,

기분은 자주 좋았다가 나쁘게 된다.

믿을 수 없는 운동성으로 이쪽에서 저쪽으로, 완전히 새로운 처음으로 건너간다.

이다지도 커다랗고 좁은, 약한 마음.

어떻게 이겨낼까?

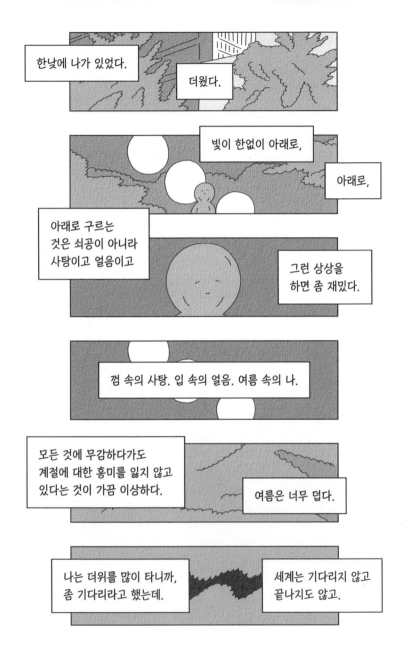

어떻게 이겨낼까?

못 이겨냅니다.

이렇게 태어났어.

이렇게 좁고도 커다란 세계를
어떻게 닿지 않고 지나겠어.

계절을 이길 수는 없어.

하지만 지지도 않아.

약한 마음을, 더위를 피하는
여러 방법을 알게 되었지만 그것을
패배라고는 생각하지 않는다.

마음이 약할 수도 있지.
약한 마음으로 살아갈 수도 있지.

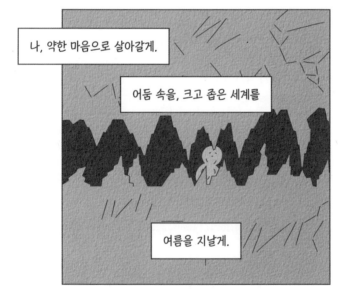

나, 약한 마음으로 살아갈게.

어둠 속을, 크고 좁은 세계를

여름을 지날게.

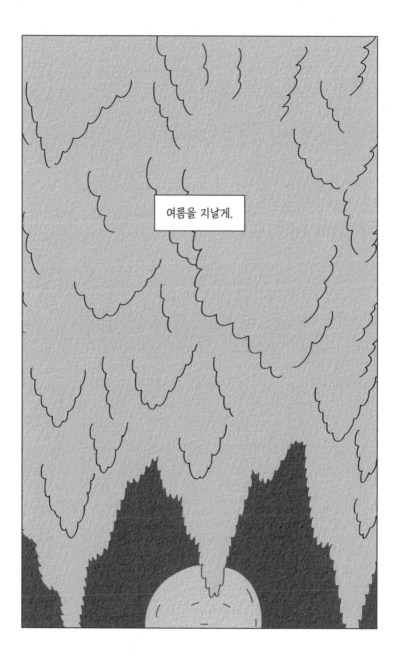

3부

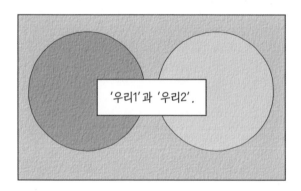

ㅡ가 있다면

저는 '우리1'과 '우리2'의
사이에 있는 사람이었습니다.

그런데 '우리3'은
아니었습니다.

저는 우리와
우리 사이에
혼자였습니다.

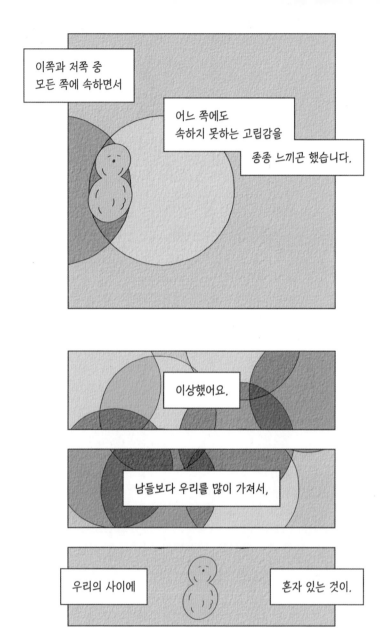

이쪽과 저쪽 중
모든 쪽에 속하면서

어느 쪽에도
속하지 못하는 고립감을
종종 느끼곤 했습니다.

이상했어요.

남들보다 우리를 많이 가져서,

우리의 사이에

혼자 있는 것이.

땅콩이는 누구와도 잘 지내잖아.

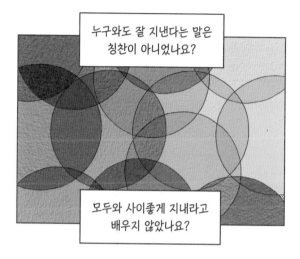

누구와도 잘 지낸다는 말은
칭찬이 아니었나요?

모두와 사이좋게 지내라고
배우지 않았나요?

그런데 모두와 잘 지내는 일이

왜 저를 고립시키는 것일까요?

누구와도 잘 지내지만 어쩌면 그것은

누구와도 잘 지내지 못한 것이 아닐까
생각했습니다.

땅콩이는 친구 많잖아?

그렇지 않다면 그 말이
이렇게 괴로울 리 없다고
생각했어요.

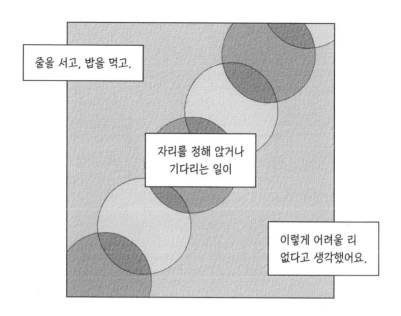

줄을 서고, 밥을 먹고.

자리를 정해 앉거나
기다리는 일이

이렇게 어려울 리
없다고 생각했어요.

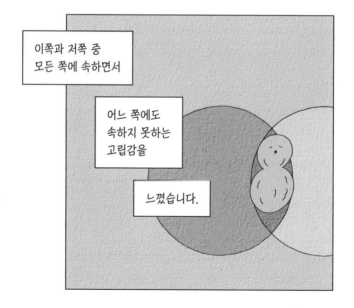

이쪽과 저쪽 중
모든 쪽에 속하면서

어느 쪽에도
속하지 못하는
고립감을

느꼈습니다.

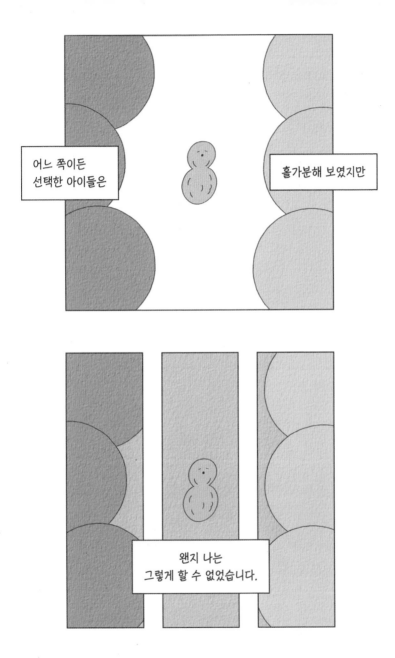

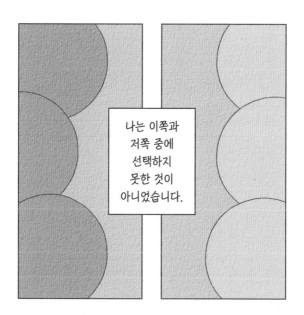

나는 이쪽과
저쪽 중에
선택하지
못한 것이
아니었습니다.

어느 쪽을 고르는
선택지가 있는 것처럼

어느 쪽을 포기하는 선택지가
나에게 없었기 때문입니다.

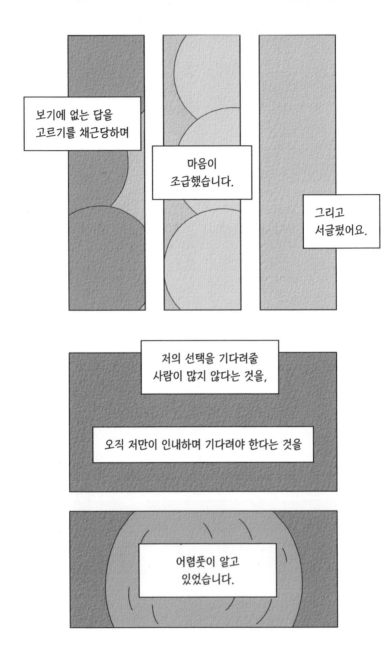

보기에 없는 답을
고르기를 채근당하며

마음이
조급했습니다.

그리고
서글펐어요.

저의 선택을 기다려줄
사람이 많지 않다는 것을,

오직 저만이 인내하며 기다려야 한다는 것을

어렴풋이 알고
있었습니다.

너는 어느 쪽이야?

나는….

나는 '우리1'도 좋고 '우리2'도 좋다고 말했습니다.

왜 그 간단한 말이 이해받지 못했을까요?

궁금하지는 않지만
여전히 의문인 채로 남아 있습니다.

나는 이쪽이고 저쪽이기도 합니다.

선택할 수 있는 것이 없어
선택하지 않았을 뿐인데

어째서 멀리하나요?
멀어지나요?

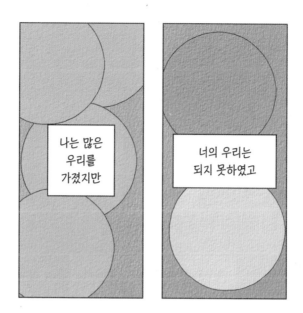

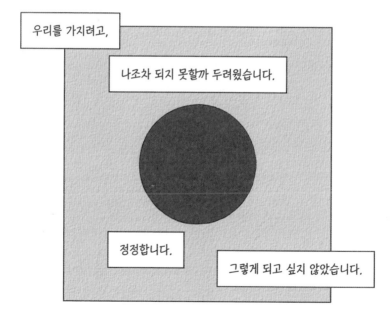

제 고립은 제가 만들었다고
할 수도 있겠지요.

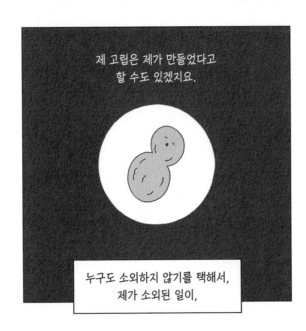

누구도 소외하지 않기를 택해서,
제가 소외된 일이,

그 시간이 괴롭지 않았다고는
말하지 못하겠어요.

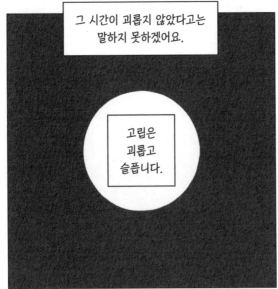

고립은
괴롭고
슬픕니다.

어느 쪽을
포기하지 않아도
되는 때가,

소외하지 않음을
선택할 수
있는 순간이,

그런 삶의 때가 마침내 찾아와
'잘 지내'고 있습니다.

그때 내가 나로 있기를
참 잘했다고 생각합니다.

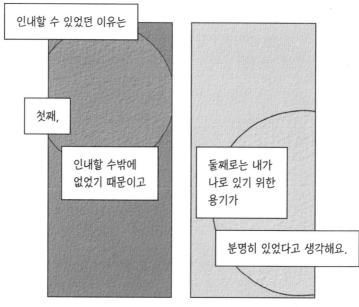

인내할 수 있었던 이유는

첫째,

인내할 수밖에
없었기 때문이고

둘째로는 내가
나로 있기 위한
용기가

분명히 있었다고 생각해요.

여전히 저는
많은 우리를 가지고 있습니다.

그래도 괜찮게 살고 있습니다.

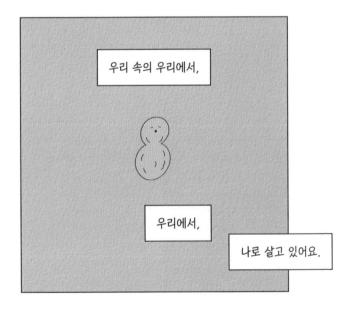

우리 속의 우리에서,

우리에서,

나로 살고 있어요.

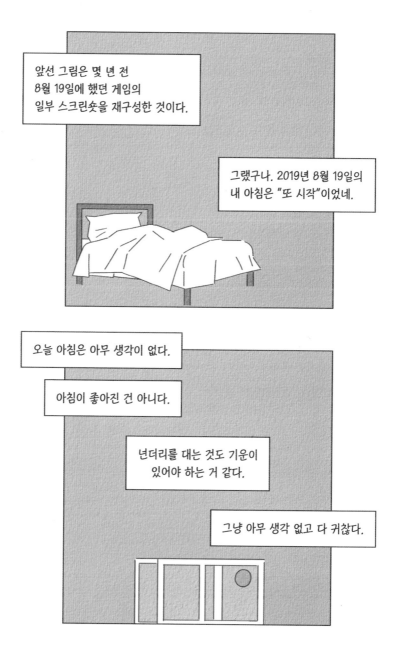

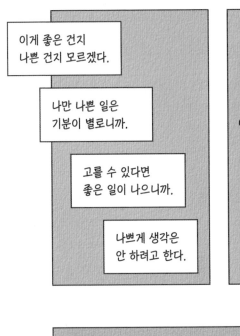

이게 좋은 건지
나쁜 건지 모르겠다.

나만 나쁜 일은
기분이 별로니까.

고를 수 있다면
좋은 일이 나으니까.

나쁘게 생각은
안 하려고 한다.

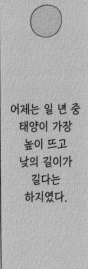

어제는 일 년 중
태양이 가장
높이 뜨고
낮의 길이가
길다는
하지였다.

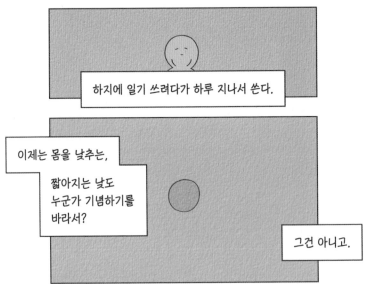

하지에 일기 쓰려다가 하루 지나서 쓴다.

이제는 몸을 낮추는,

짧아지는 낮도
누군가 기념하기를
바라서?

그건 아니고.

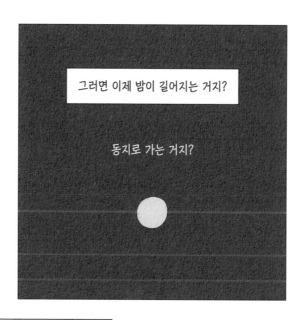

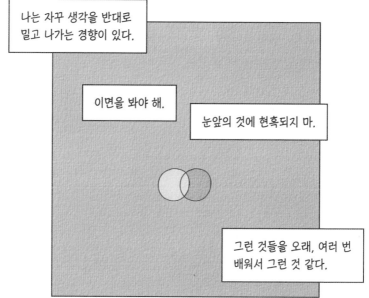

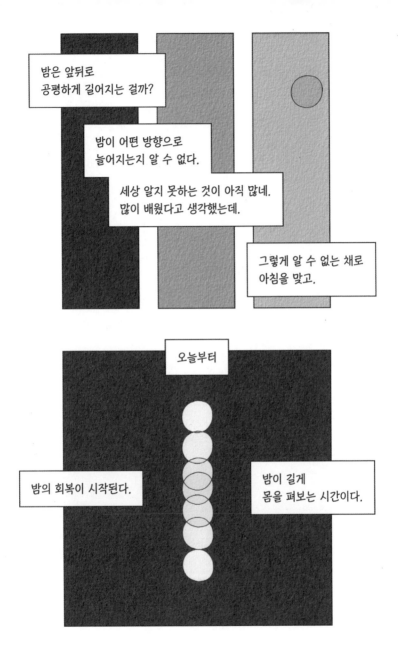

뚱땅뚱땅 비가 창을 친다.

인터넷에서 뚱땅뚱땅 걷는 고양이의 이미지를 본 이후로 뚱땅뚱땅 하면 고양이가 먼저 생각난다.

좋다.

좋은 거 많이 보고 살자.

마음을 사로잡히면서,

그렇게 살자.

달이 아름답네요.

여기서는 보이지 않지만요.

여름에 만날래요?

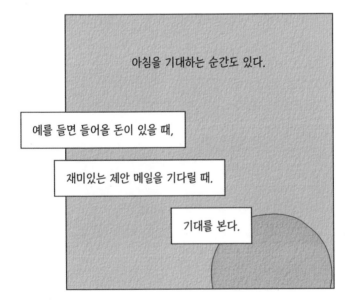

아침을 기대하는 순간도 있다.

예를 들면 들어올 돈이 있을 때,

재미있는 제안 메일을 기다릴 때.

기대를 본다.

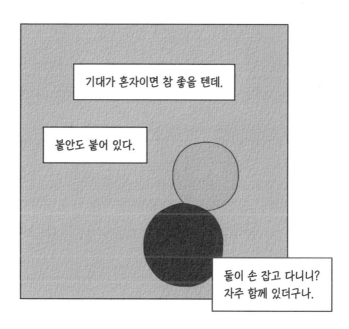

근데 그건 다 기분이고 나는 쓸모가 있다.

쓸모없어도 관계없다는 생각이 든다.

나는 나와의 관계를 쓸모로 맺지 않았다.

그리고 대부분의 순간에 나는 내가 필요하다.

나는 나의 몸이, 마음이 있어야 한다고 느낀다.

내가 불안을 자주 느끼는 이유 중 하나는
창피를 당하고 싶지 않기 때문이다.

나는 돈을 주면(특히 많이 주면)
일을 아주 잘하고, 그럴 일은 없겠지만

아무도 내게 일을 맡기지 않으면
너무 창피할 것 같다.

기대를 했다가 창피했던 적이 많다.

불안 없는 기대를
하고 싶다.

그러면 창피도
없을까?

점점 더 그렇게 되기를 바란다.

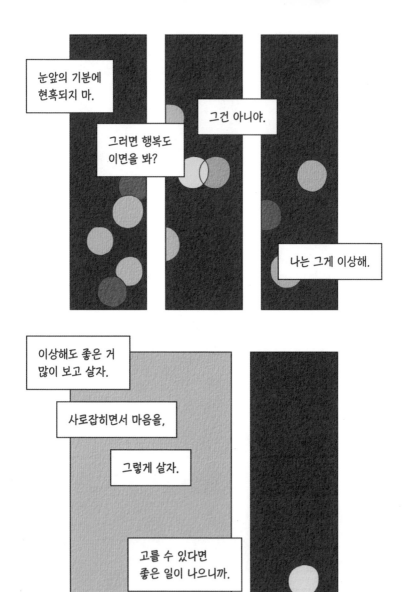

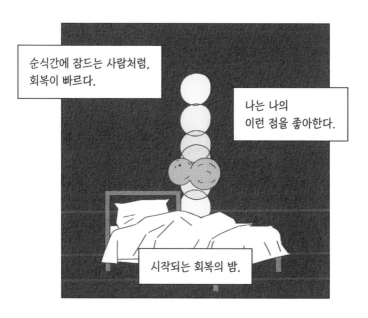

둘 중 하나가 일어나지 않으면,
혹은 침대에서 굴러 떨어지면 종말이 되나?

그러나 백야가 있는
지역도 있고 잘 모르겠다.

미국 포틀랜드에서

그걸 백야라고 부르는 건지는
정확히 모르겠지만 밤 아홉시
열시에도 밖이 환하고 그랬다.

산책을 하러
가다가 풀을
뜯고 있던 길가의
소와 눈이
똑바로 마주쳤다.

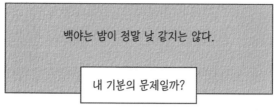

백야는 밤이 정말 낮 같지는 않다.

내 기분의 문제일까?

환하고 다 보이기는 하는데
눈을 반만 뜨고 있는 것 같다.

그래도 빛은 들어오니까,
눈이 부시니까.

백야는 아무렇게나 꾸는 꿈 같았다.
아무렇게나 이어지는데
말이 되는 것 같았다.

눈앞의 기분 같았다.

세상에, 태어나고 싶어서 태어난 사람은
단 한 사람도 없다.

사람이 아닌 것은 어떨까?
낮과 밤은?

기어이 서로를

번갈아 일으키는 것이 하루라면?

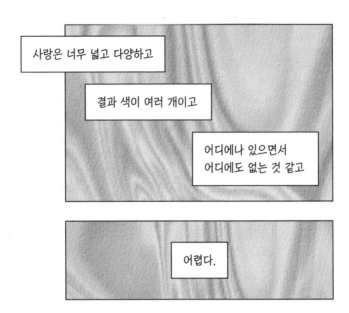

사랑은 너무 넓고 다양하고

결과 색이 여러 개이고

어디에나 있으면서
어디에도 없는 것 같고

어렵다.

세상에는 너무 많은
사랑이 있어서
사랑을 만나지
않는 일이, 그래서
모르는 일이
더 어려워 보인다.

그러면서도 사랑에
대해 무엇을
알고 있느냐 하면
할 말이 없다.

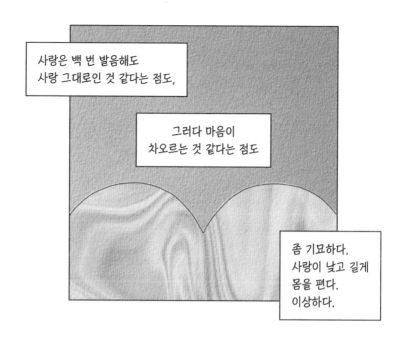

사랑은 백 번 발음해도
사랑 그대로인 것 같다는 점도,

그러다 마음이
차오르는 것 같다는 점도

좀 기묘하다.
사랑이 낮고 길게
몸을 편다.
이상하다.

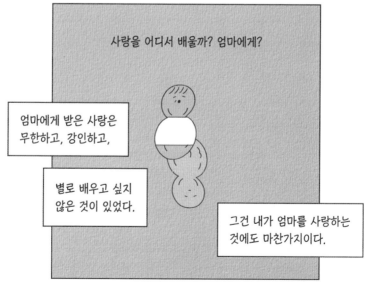

사랑을 어디서 배울까? 엄마에게?

엄마에게 받은 사랑은
무한하고, 강인하고,

별로 배우고 싶지
않은 것이 있었다.

그건 내가 엄마를 사랑하는
것에도 마찬가지이다.

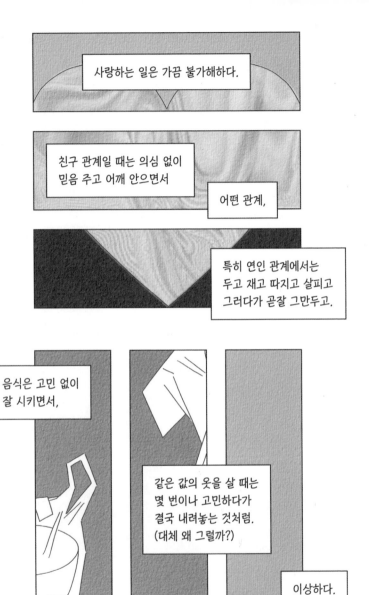

사랑하는 일은 가끔 불가해하다.

친구 관계일 때는 의심 없이
믿음 주고 어깨 안으면서

어떤 관계,

특히 연인 관계에서는
두고 재고 따지고 살피고
그러다가 곧잘 그만두고.

음식은 고민 없이
잘 시키면서,

같은 값의 옷을 살 때는
몇 번이나 고민하다가
결국 내려놓는 것처럼.
(대체 왜 그럴까?)

이상하다.

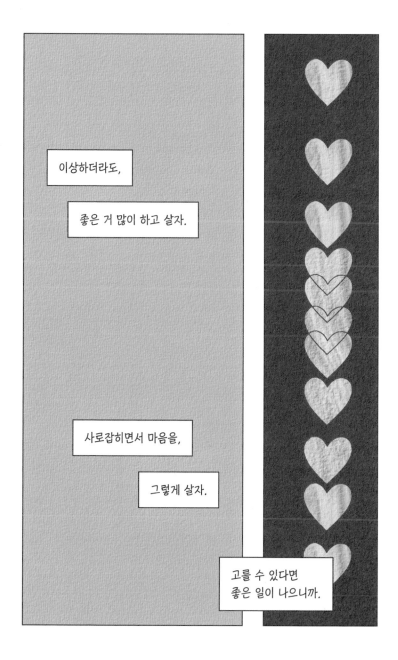

이상하더라도,

좋은 거 많이 하고 살자.

사로잡히면서 마음을,

그렇게 살자.

고를 수 있다면
좋은 일이 나오니까.

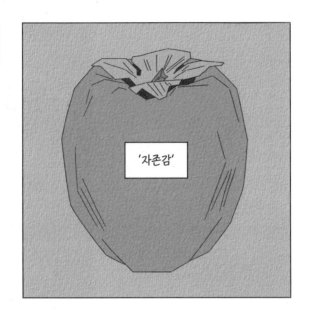

'자존감'

사전을 찾아봤더니
"스스로 품위를 지키고
자기를 존중하는 마음"이라고
정의하더라고요.

저는 사실
'자존감'을 모르겠어요.

별로 생각을 안 했어요.

자존감에는
높낮이가 있어서,

"자존감이 오르는 일"과

"자존감이 떨어지는 일"이
있다는 건 좀 더 알겠어요.

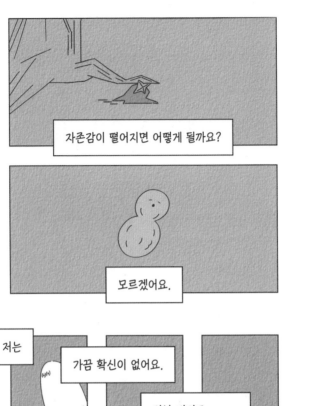

자존감이 떨어지면 어떻게 될까요?

모르겠어요.

다만 저는

가끔 확신이 없어요.

전부 버리고
도망치고 싶어져요.

내가 너무 시시하고 굳이
존재하지 않아도 되는 것 같아요.

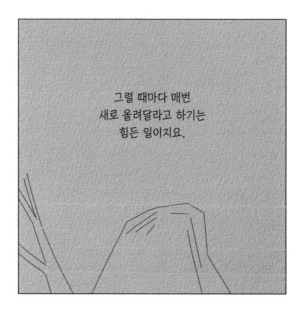

그럴 때마다 매번
새로 올려달라고 하기는
힘든 일이지요.

좋은 남만 있지는 않아요.

남 중에는
자존감 도둑도
있지요.

쪼아 툭 떨어뜨리는
도둑들이 있지요.

매 순간 지키기란
참 어렵습니다.

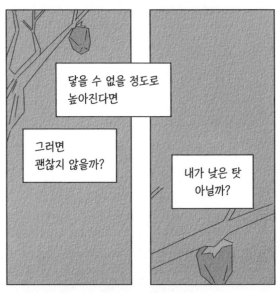

닿을 수 없을 정도로
높아진다면

그러면
괜찮지 않을까?

내가 낮은 탓
아닐까?

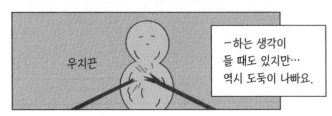

우지끈

-하는 생각이
들 때도 있지만…
역시 도둑이 나빠요.

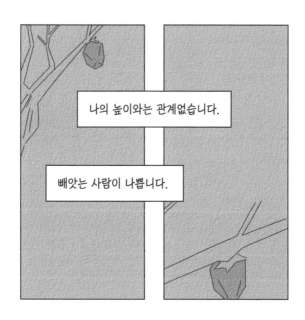

나의 높이와는 관계없습니다.

빼앗는 사람이 나쁩니다.

떨어진 감도 제 것입니다.

함부로 손대지 마.

자존감이 떨어졌다는 건
어떻게 알게 될까요?

자존감이 올랐다는 건
어떻게 알게 될까요?

슬픔과 기쁨으로
알게 되는 걸까요?

제 슬픔은 너무 캄캄하고

무리 지어 있어서
저의 슬픔의 이유에
자존감이 있는지는
모르겠습니다.

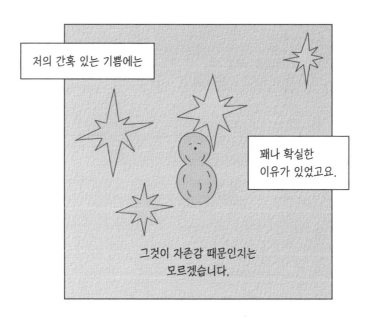

생각해보지 않은 것이어서

저의 자존감은 어떤 형태도 가지지 못했습니다.

아마도 저는 슬픔에는 세세히 반응하지만 자존감에는 민감하지 않은 듯합니다.

자존감이 저에게는 그다지 중요한 것이 아닌 듯해요.

제가 자존감이
높아서가 아니고요,

자존감에 대해서 고민하지 않아서요.

생각 없이는
생각이 되지 않듯이

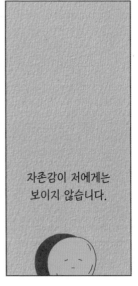

자존감이 저에게는
보이지 않습니다.

가끔 모든 말이
허상 같을 때가 있어요.

슬픔,

기쁨,

자존감…

그냥 이름 짓기가 아닐까?

그런데 그것도
나쁘지 않다고 생각했어요.

자존감이 보인다면,

떨어진 감을
소중히 담아
올리려는 사람이
있겠지요?

높이 오른
감을 보며
이마 위로
시원을 느끼는
사람이
있겠지요?

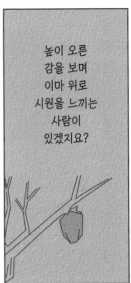

떨어진 자존감이,

오른 자존감이 보인다면 그것은

자존감에 대해서 치열하게
고민하고 있다는 뜻이겠지요?

생각 없이는
생각이 되지 않으니까.

자존감이 보인다면

그것은 나를 돌보려는
아주 성실한 마음이 만들어낸

단단한 무엇이 아닐까,
그런 생각을 했습니다.

떨어지고 오르는 것…
떨어지고 오르는 것.

저는 그런 경험을 몇 번 한 적 있습니다.
가라앉으면 떠오르려고 하는 일이요.

회복을 하는 경험이요.

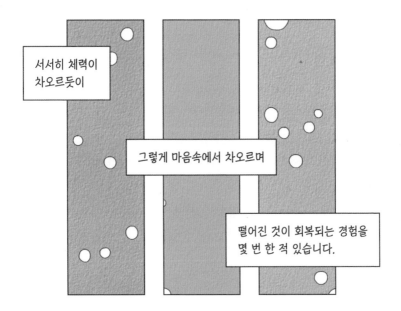

서서히 체력이
차오르듯이

그렇게 마음속에서 차오르며

떨어진 것이 회복되는 경험을
몇 번 한 적 있습니다.

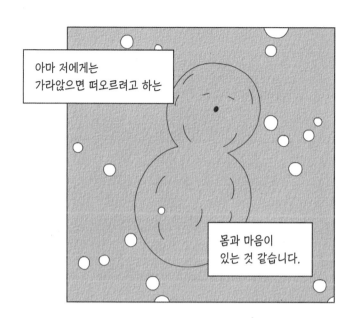

아마 저에게는
가라앉으면 떠오르려고 하는

몸과 마음이
있는 것 같습니다.

그래서
맛있는 것도
먹고

가만 잠을
자보기도 하고요.

그런데 보아온 바로는
제 친구들도 그런 경험을
한 적 있는 것 같아요.

저만 그런 건 아닌 것 같아요.

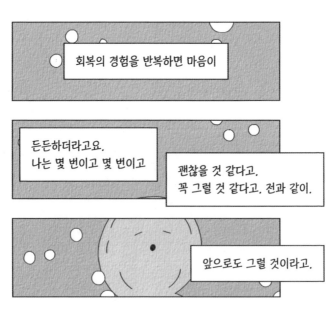

회복의 경험을 반복하면 마음이

든든하더라고요.
나는 몇 번이고 몇 번이고

괜찮을 것 같다고.
꼭 그럴 것 같다고. 전과 같이.

앞으로도 그럴 것이라고.

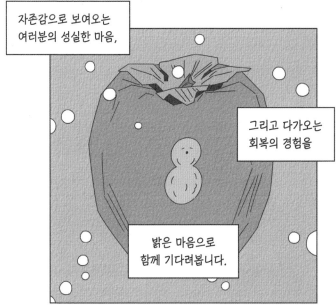

우리는 각자 다른
빈 그릇을 들고 태어나는 듯해.

나는 못 채우고 남이 채울 수 있는 그릇.

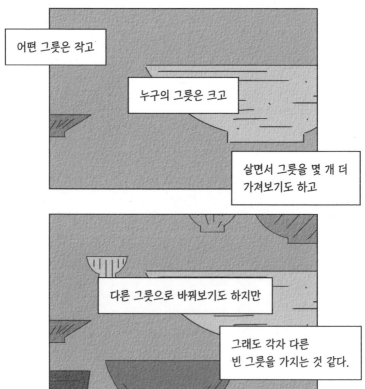

어떤 그릇은 작고

누구의 그릇은 크고

살면서 그릇을 몇 개 더
가져보기도 하고

다른 그릇으로 바꿔보기도 하지만

그래도 각자 다른
빈 그릇을 가지는 것 같다.

그래서 작은 그릇을 든 사람은 작은 그릇만큼만 애정이 있어도 충분하고

큰 그릇을 든 사람은 타인의 애정이 아주아주 많이 필요한 것 같다.

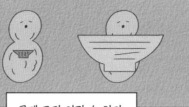

근데 그건 어쩔 수 없지.

그냥 그런 사람이니까.
그런 그릇을 들었을 뿐이니까.

그러니까 아무리 받아도 충분해지지 않는 애정을

조금만 받아도 부담스러워지는
타인의 관심을

스스로의 잘못이라고
여기지 않기로 했다.

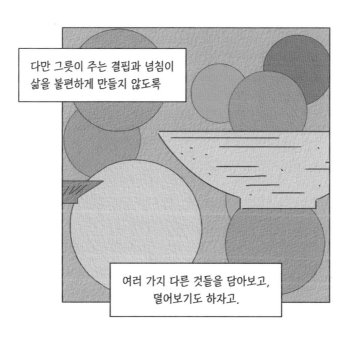

다만 그릇이 주는 결핍과 넘침이
삶을 불편하게 만들지 않도록

여러 가지 다른 것들을 담아보고,
덜어보기도 하자고.

그래서 그릇과 덜 불편하게 살아가보려 해.

반성문을 보면
저장이 하고 싶어진다.

잘못을 하게 될 것 같다.

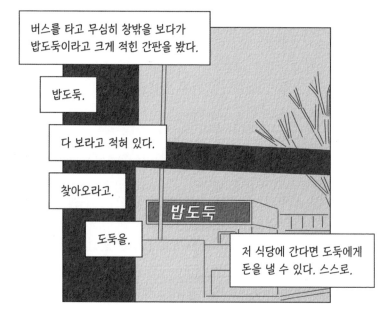

버스를 타고 무심히 창밖을 보다가
밥도둑이라고 크게 적힌 간판을 봤다.

밥도둑.

다 보라고 적혀 있다.

찾아오라고.

밥도둑

도둑을.

저 식당에 간다면 도둑에게
돈을 낼 수 있다. 스스로.

너는 인생에서
배우는 게 없어.

도무지 반성을 모른다고.

친구가 그랬다.

뭐 때문에 그 얘기를 들었지?
모르는 것이 반성을 모르는 증거가 된다.
나는 용서를 비는데 반성은 안 한다.
그래서 용서를 엄청나게 빌게 된다.
계속 계속 잘못을 저지르기 때문이다.

계속 계속 스스로,

일어난다.

오늘은 일어나서 '사사고양이'라고
적었다. 꿈에서 본 고양이다. 왜 사사라고
이름 붙였지? 왜 이름을 붙였지?
고양이를 보고 싶다. 여행지에서.

나를 보고 도망가지 않았던 고양이에게
전부 주고 싶었어. 마음도 가진 돈도 다.
그런데 그런 건 무책임하대. 너는 반성이 없어.
아무나 사랑을 하고. 맞아. 그런데 아니야.

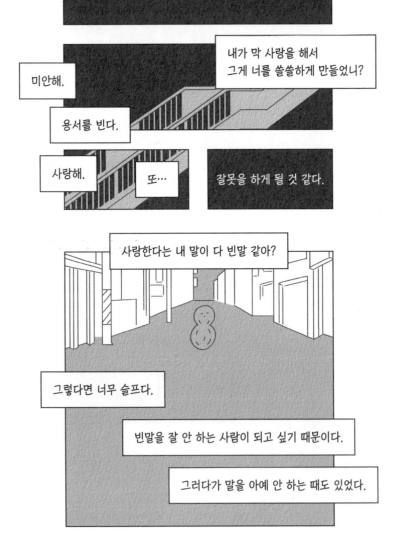

사랑을 막 한다는 말을 들으면 가슴이 뜨끔한다.

내가 막 사랑을 해서
그게 너를 쓸쓸하게 만들었니?

미안해.

용서를 빈다.

사랑해.

또…

잘못을 하게 될 것 같다.

사랑한다는 내 말이 다 빈말 같아?

그렇다면 너무 슬프다.

빈말을 잘 안 하는 사람이 되고 싶기 때문이다.

그러다가 말을 아예 안 하는 때도 있었다.

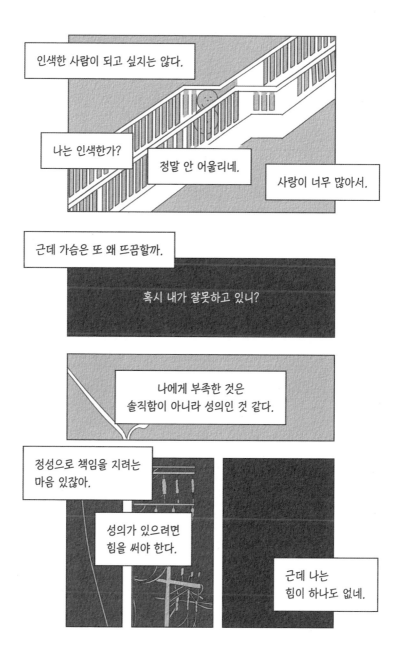

가슴이 아프다.

사랑이 많다고 끄덕이 없는 것은 아니야.

네가 내게 사랑을 막 한다고 하면
나는 상처 받아.

이 일기 처음부터 다시 그리고 싶다.
그럼 더 잘 말할 수 있을 것 같다.
그런데 그렇게 안 한다.

우리가 침범할 수 없는
각자의 삶을 가졌다는 것이
왜 가끔 나의 슬픔이 되는지.

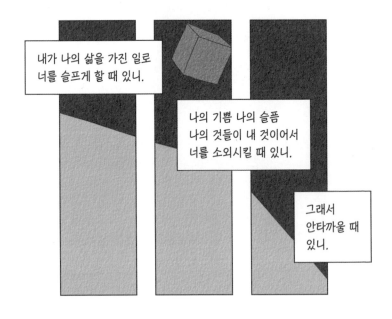

내가 나의 삶을 가진 일로
너를 슬프게 할 때 있니.

나의 기쁨 나의 슬픔
나의 것들이 내 것이어서
너를 소외시킬 때 있니.

그래서
안타까울 때
있니.

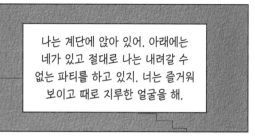

나는 계단에 앉아 있어. 아래에는 네가 있고 절대로 나는 내려갈 수 없는 파티를 하고 있지. 너는 즐거워 보이고 때로 지루한 얼굴을 해.

우리는 보이고 들리지만 불러서도 들어서도 안 되는 파티의 규칙을 지켜.

그래서 나는 안심을 하고 때로 슬픔을 가져봐.

우리가 침범할 수 없는 각자의 삶을 가진 것에 대하여.

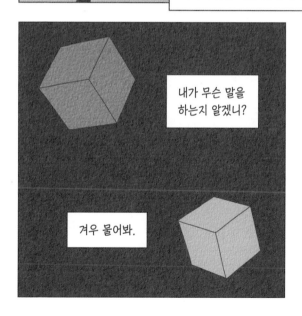

내가 무슨 말을 하는지 알겠니?

겨우 물어봐.

겨울을 느꼈다.

모든 것에 무감하면서도
계절에 대한 흥미를
잃지 않고 있다는 것이
가끔 이상하다.

겨울의 냄새를 맡는 것이
섣부른 사랑 같아.

믿을 수 없음,

민망함, 조심스러움,

과격함, 들뜸과
내리누르는 마음 같은 것이

마구 뒤섞이고 말았다.

만두집 앞을 지나고 싶다.

만두집 앞을 지나는 것이 좋은 것은
입김을 사랑하기 때문에.

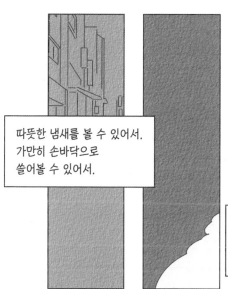

따뜻한 냄새를 볼 수 있어서.
가만히 손바닥으로
쓸어볼 수 있어서.

아득히 헤쳐 나가며 괜히
낙관의 힘을 선명하게
믿어보기 때문에.

추위가 오고 있다.

겨울 느낌   (361)

연말이고 지겹다고 하고 싶다.
뭐가 지겹냐면 얼마 남지 않은 올해가.

올해에 정 떨어졌다.

근데 또 올해의 마음이 되어
생각하면 가엾고 미안해서
사랑을 하다 말다 번복을 한다.

새로 하는 사랑은 내가 하는 사랑만 해야지 하다가

또 저쪽에 가서 서보고 거기서 이쪽을 보고 하는 게 내 사랑이라

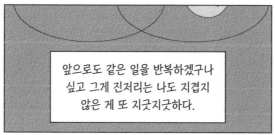

앞으로도 같은 일을 반복하겠구나 싶고 그게 진저리는 나도 지겹지 않은 게 또 지긋지긋하다.

이사를 가기로 마음먹자 사는 집에 바로 정이 떨어졌다.

새 집을 구한 것도 아니었는데 그랬다.

나는 떠날 거야.

미디어에서는 꼭 몸을 돌려 떠나던데.

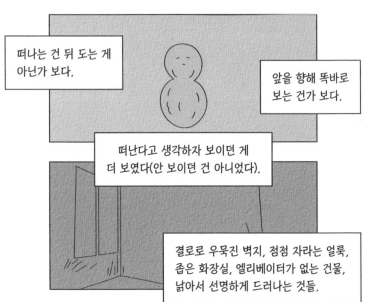

떠나는 건 뒤 도는 게
아닌가 보다.

앞을 향해 똑바로
보는 건가 보다.

떠난다고 생각하자 보이던 게
더 보였다(안 보이던 건 아니었다).

결로로 우묵진 벽지, 점점 자라는 얼룩,
좁은 화장실, 엘리베이터가 없는 건물,
낡아서 선명하게 드러나는 것들.

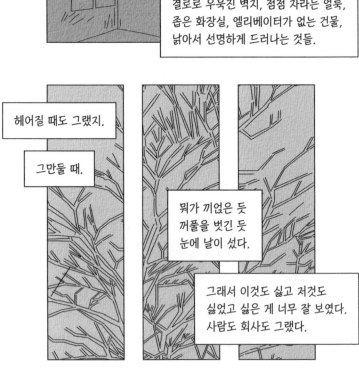

헤어질 때도 그랬지.

그만둘 때.

뭐가 끼얹은 듯
꺼풀을 벗긴 듯
눈에 날이 섰다.

그래서 이것도 싫고 저것도
싫었고 싫은 게 너무 잘 보였다.
사람도 회사도 그랬다.

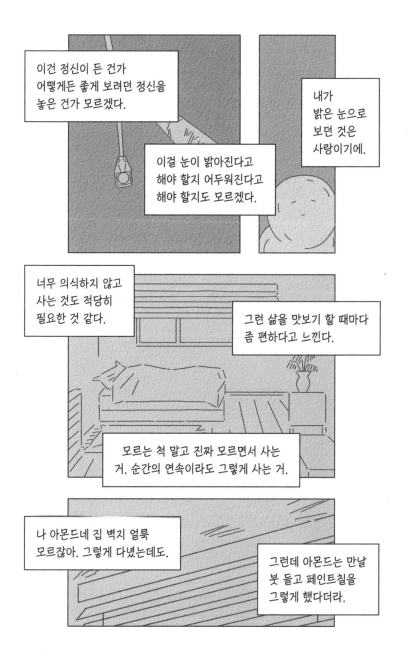

이건 정신이 든 건가 어떻게든 좋게 보려던 정신을 놓은 건가 모르겠다.

내가 밝은 눈으로 보던 것은 사랑이기에.

이걸 눈이 밝아진다고 해야 할지 어두워진다고 해야 할지도 모르겠다.

너무 의식하지 않고 사는 것도 적당히 필요한 것 같다.

그런 삶을 맛보기 할 때마다 좀 편하다고 느낀다.

모르는 척 말고 진짜 모르면서 사는 거. 순간의 연속이라도 그렇게 사는 거.

나 아몬드네 집 벽지 얼룩 모르잖아. 그렇게 다녔는데도.

그런데 아몬드는 만날 붓 들고 페인트칠을 그렇게 했다더라.

지겹다고 하고 싶다 (365)

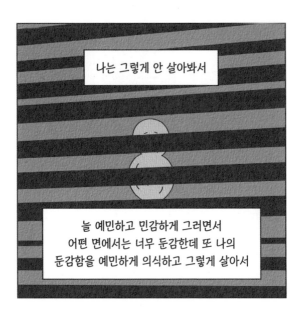

나는 그렇게 안 살아봐서

늘 예민하고 민감하게 그러면서
어떤 면에서는 너무 둔감한데 또 나의
둔감함을 예민하게 의식하고 그렇게 살아서

이사를 가기로 마음먹은
그 집에 나는 아직 산다.

정은 회복된 걸까?

여전히 벽지가 거슬린다. 정은 조금 변한 것
같다. 떠나기로 마음먹은 순간부터
이 집은 내가 떠날 수 있는 집이 됐으니까.

변한 걸 어떻게 아냐면
사랑은 안 변해서 안다.
나는 사랑을 떠날 수 없다.

사랑이 내 기준이네.

이건 좀 멋있네.

떠나지도 않고 새해가 오네.
남은 올해를 내가 떠날 수는 없네.

그렇다면 올해야, 너는 사랑을 닮았니?

그렇게 생각하면 또 너를
지겹게는 못 여기겠다.

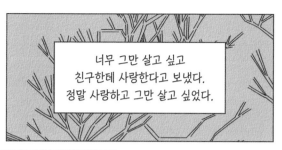

너무 그만 살고 싶고
친구한테 사랑한다고 보냈다.
정말 사랑하고 그만 살고 싶었다.

이게 동시에 돼… 뭔지 알지?

물으려다가 네가 안다고 하면
또 그 마음이 슬퍼서 묻지를 못하겠다.

알긴 뭘 알아. 그런 거 알지 마.

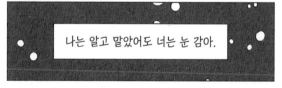

나는 알고 말았어도 너는 눈 감아.

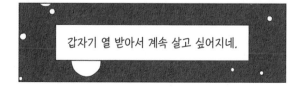

갑자기 열 받아서 계속 살고 싶어지네.

자고 일어났더니
인찬이가
메시지 했더라.

어제 쓴 일기 보고.

이사 언제 가 왜 가 어디로 가

이사 안 가 바보야 사랑해….

내가 이런 식으로 떠들어도
나를 사랑하는 친구들이 있다.
나를 사랑한다. 정말 사랑은 믿을 수가
없고 내 친구들의 모양으로
살아 있다. 내가 사랑하려 하지 않는
나조차 친구들에게 가서는 사랑이 된다.
(그렇게 되었으면 좋겠다.)

뺨에 붙은 친구의
사랑은 뜨겁고

그러면 나는
뜨거운 것을
잘 만지는 사람이 돼.

그런 게 좋아….

그래 어떤 사랑에도 괴로움이나 고통은 찾아오고
나를 사랑하며 사랑의 일이 잠시간 생길 뿐이다,
보통의 사랑을 하고 있다, 생각했어.

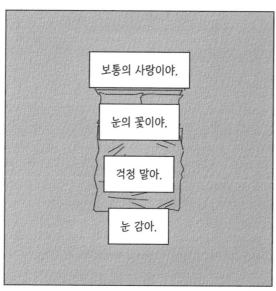

보통의 사랑이야.

눈의 꽃이야.

걱정 말아.

눈 감아.

오늘은 화요일이고
어제 월요일이 기억이 안 난다.

두고 온 물건처럼 깜빡한다.

두고 온 물건처럼
찾을 수 있는 것도 아닌데

쿵쿵 어제를 자꾸 돌다가

아 맞다. 화요일 쓰레기 버리는 날이지.

속수무책으로 오늘에 또 끌려왔다.

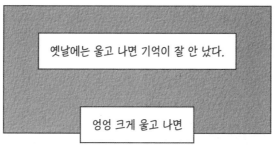

옛날에는 울고 나면 기억이 잘 안 났다.

엉엉 크게 울고 나면

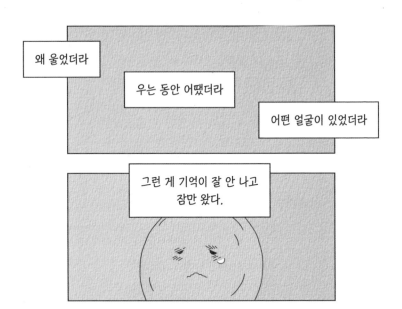

왜 울었더라

우는 동안 어땠더라

어떤 얼굴이 있었더라

그런 게 기억이 잘 안 나고
잠만 왔다.

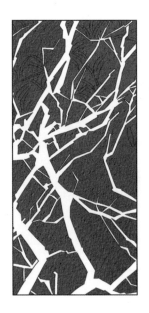

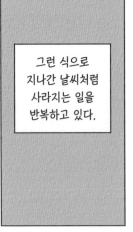

그런 식으로
지나간 날씨처럼
사라지는 일을
반복하고 있다.

일찍부터 자신의 삶에 의문을 가져온 사람이
가진 엄격한 관대, 구체적인 유머가 있다.

아는 사람에게서
모르는 사람에게서

그런 것을 종종 발견한다.

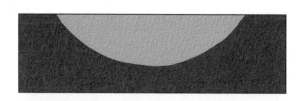

그러고 나면 텅 빌 때가 있다.

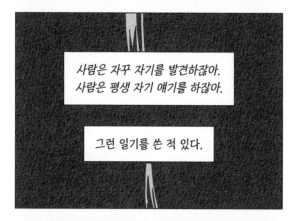

사람은 자꾸 자기를 발견하잖아.
사람은 평생 자기 얘기를 하잖아.

그런 일기를 쓴 적 있다.

나에게는
엄격한 관대, 구체적인 유머가 있다.

그것은 순식간에 발견되지만
막 떠오른 것은 아니다.

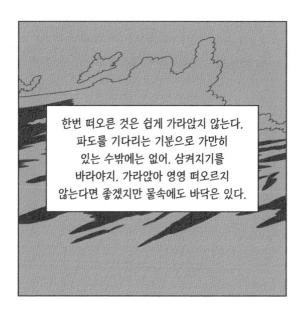

한번 떠오른 것은 쉽게 가라앉지 않는다.
파도를 기다리는 기분으로 가만히
있는 수밖에는 없어. 삼켜지기를
바라야지. 가라앉아 영영 떠오르지
않는다면 좋겠지만 물속에도 바닥은 있다.

1월 5일의 일기

1월 1일보다
1월 5일 오늘이 난 좀 의식된다.

01/05

1월의 5일은 너무 길고 짧은 날이다.

1월 1일에는 해의 남은 날이
많고 긴 것 같았는데

1월 5일에는 벌써 좀 많이
쓴 거 같고 그래서 적은 것 같다.

/

무엇이 되기에 너무 짧은 날 같다.

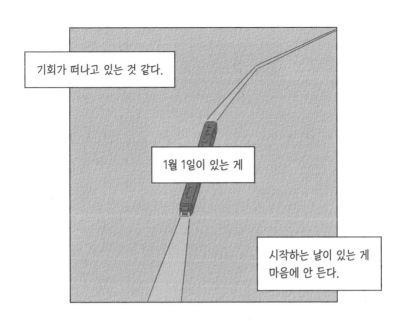

기회가 떠나고 있는 것 같다.

1월 1일이 있는 게

시작하는 날이 있는 게 마음에 안 든다.

1월 1일 그거 아무것도 아니라고 삶이 멈춰주지를 않는데

출발이 어디에 있냐고 그런 거 없다고 훼방하고 싶다. 근데

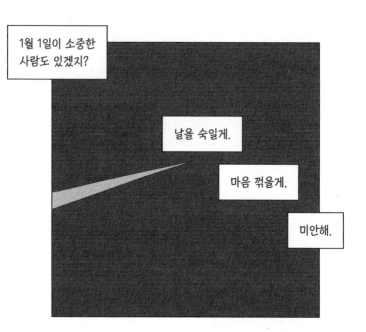

1월 1일이 소중한
사람도 있겠지?

날을 숙일게.

마음 꺾을게.

미안해.

어제 누웠는데 또 넓더라.
세계가 너무

넓고 나는 좁고.

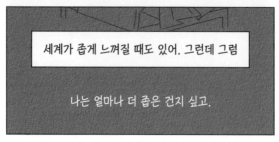

세계가 좁게 느껴질 때도 있어. 그런데 그럼

나는 얼마나 더 좁은 건지 싶고.

남은 삶이 1월 5일 같아.
너무 길고 또 짧아.

그럴 땐 무섭고 막막해.

망한 건 망해봐야 아는 거니까.
내가 망한 것 같지는 않은데

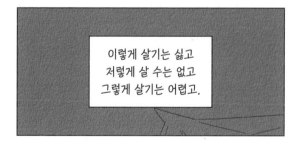

이렇게 살기는 싫고
저렇게 살 수는 없고
그렇게 살기는 어렵고.

－하고 잠들었다가 일어났다.

일어나서 생각하는데 무섭고 막막한 게
다행이다 싶더라. 왜냐하면 나는 아무것도
느끼지 못한 날이 너무 길었으니까.

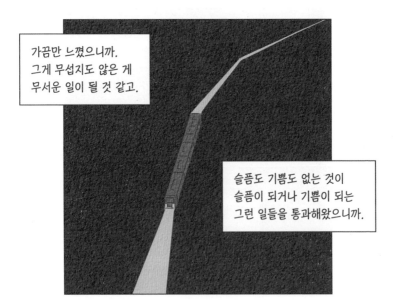

가끔만 느꼈으니까.
그게 무섭지도 않은 게
무서운 일이 될 것 같고.

슬픔도 기쁨도 없는 것이
슬픔이 되거나 기쁨이 되는
그런 일들을 통과해왔으니까.

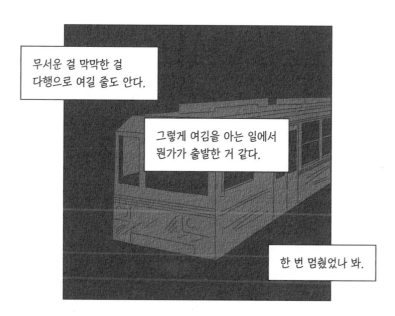

무서운 걸 막막한 걸
다행으로 여길 줄도 안다.

그렇게 여김을 아는 일에서
뭔가가 출발한 거 같다.

한 번 멈췄었나 봐.

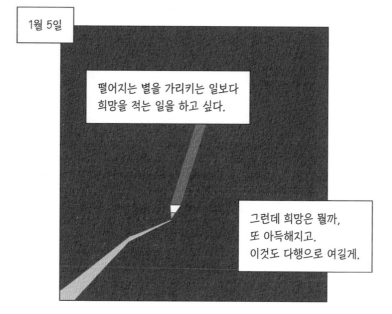

1월 5일

떨어지는 별을 가리키는 일보다
희망을 적는 일을 하고 싶다.

그런데 희망은 뭘까,
또 아득해지고.
이것도 다행으로 여길게.

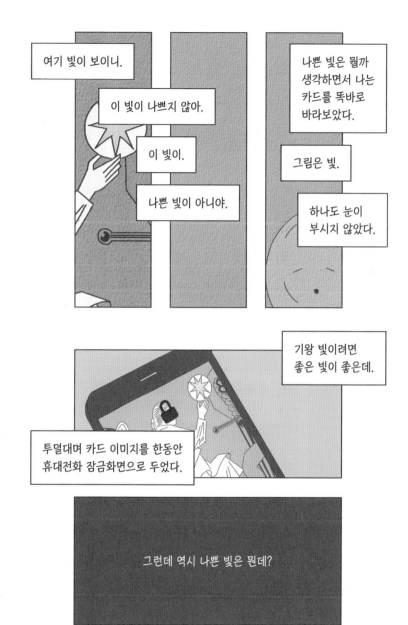

밤이면 때로 나는 나쁜 빛.

빛 중에 가장
어두운 빛이 되어 깊어졌다.

이대로
사라지자.

사라져
버리자.

떠올리며
가라앉을 때,

알림 메시지에 휴대전화
화면이 켜진 것이었다.

카드 속 나쁘지
않은 빛이 빛났다.

문득 머리맡이
희붐하게
밝아왔다.

빛 정도의 빛.

사물을 세세히 분간은 못해도
내 얼굴 하나 희게 밝힐 정도의 빛.

어둠 중에
가장 밝은 빛이.

여기 빛이 보이니.

나쁘지 않은 빛이야.
밝고 환한 밤 되자.

사라지지 말자.

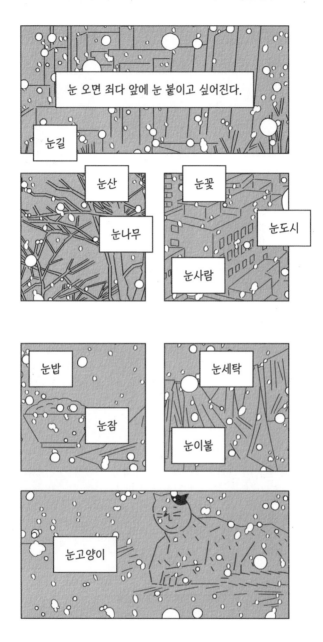

눈

눈

눈

눈우리

킥킥

조그마하게 웃고 싶다.

겨우 눈 사이로 지나갈
정도의 작은 웃음을

눈이 갈라놓은
딱 그만큼만 떨어져서
몸을 숙이고 킥킥 웃다가

등에 눈

눈등 두 개 되고 싶다.

야 온통 눈이다. 눈뿐이다.

너와 나를 눈으로 간주하자.
한 몸으로 여기자.
우리는 눈의 몸이다.

이제 눈을 털고 나면
서로가 각자로 돌아오는 거야.

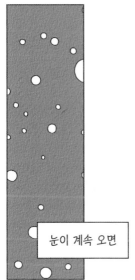

땅콩일기 ❷

1판 1쇄 펴냄 2022년 8월 31일
1판 4쇄 펴냄 2023년 1월 28일

지은이 쩡찌
펴낸이 손문경
편집 송승언, 서윤후
디자인 정유경, 한유미

펴낸곳 아침달
출판등록 제2013-000289호
주소 03980 서울시 마포구 성미산로 153-16, 2층
전화 02-3446-5238
팩스 02-3446-5208
전자우편 achimdalbooks@gmail.com